死神伯爵と不機嫌な花嫁

gabriella

死神伯爵と不機嫌な花嫁

contents

gabriella

イラスト／ｓｈｒｉ

死神伯爵と不機嫌な花嫁

prologue

社交シーズンが終わり初秋の気配が漂い始めたある日、領地には戻らず王都屋敷に留《とど》まっていた父親アルデモンド伯爵の執務室へ呼ばれた伯爵家次女アリスティナは、一つの選択を迫られることになった。

「縁談……わたしに？」

思わずぽかんと口を開ければ、父親は苦虫を噛《か》み潰《つぶ》したような顔をする。

「驚いても口をぽっかり空けるのは、淑女として見苦しい」

「はい。父さま」

「お父様、だ」

「はい、お父様」

対面に座って二人だけで話をすることが滅多《めった》にないので、つい幼いころのままで呼んでしまった。

父親は、それを修正するのも自分の仕事だと言わんばかりだが、それなら淑女教育のために一人でもいいから家庭教師を付けてくれたらよかったのにと、アリスティナは胸内でひとりごちる。いつものことだ。

十歳で母親を亡くしている。それ以降は見よう見まねでなんとか形にしているものの、貴族社会での言葉使いや動きなど、教えがないと上手《うま》くできないことも多い。

ダンスなどは特にそうだ。基本の型は図で見ただけで、実地で誰かと踊ったことがないので、いっそ踊れないと言った方が正しい。

十六歳にもなってダンス一つまともに踊れないなんて、社交界で通用するような淑女には程遠いという自覚はある。かといって、何もないところからいきなり知識や経験が出てくるわけでもなく、あがきながらも追いつかないのが現状だ。

父親は、わざとらしい咳《せき》をごほんと一つ零《こぼ》してから、話を続ける。

「まったく、社交界デビューも前だというのに、どこから聞き出してきたことやらだが、〈アルデモンド伯爵家の次女〉ではなく、おまえを名指しで申し込んできた」

アリスティナの頭の中をふっと過ぎったのは、母親違いの姉キャリーが外で話したのではないかということだ。内容も推し量れる。

『淑女というには、教育や躾《しつ》けが不足しているのでちょっと……。でも、まだ十六歳だもの。相手のお家次第でどうにでもなるわよね。父の二度目の妻から生まれたから、一応、妹よ。頑固で手に負えないところもあるけれど、それは内緒』

あまり悪く言うと、嫁がせられない。目障りだから追い払うつもりで妹がいるとアピールをしても、自分の嫁ぎ先であるベケット伯爵家よりもいい家では許せないから、良家は無理だと匂わせる――と、そんなところだ。

アリスティナは、訝《いぶか》しげに首を傾《かし》げる。とにかく相手は誰かというのを知りたい。

彼女の瞳は疑問符でいっぱいだが、正面に座る父親には分からない。アリスティナは、黒の丸い縁どりをした眼鏡をかけていた。おまけに、前髪が目元まで掛かっているので、瞳の色や様相など、正面からではほぼ分からない。横からでも分かり難《にく》いはずだ。

髪も、赤が濃い褐色に染めている。《素晴らしいストロベリーブロンドです》と言って褒めてくれる侍女のメイ以外は、誰も本当の色合いを知らない。豊かに波打つ長い髪は、両頬《ほお》をなぞる一束をそれぞれふわりと下へ流している他は、いつも頭の後ろでゆるい三つ編みをしている。父親にさえ、ずっとそういうふうに見せてきた。

丸い眼鏡を掛けて、髪は三つ編みだ。おまけに、着ているものは、フリルとレースのあしらわれたそれなりに可愛《かわい》いドレスだが、母親のものだったので少し形が古い。

あまり人の目を楽しませる姿ではないだろう。でも、いい。目立たないことが最重要なのだから。

『美しさは隠しなさい』

それが母親の遺言だ。あれから六年。言いつけは守っている。

どうしてそうしなければならないかも、今はもう分かっていた。姉のキャリーが母親違いの妹アリスティナを気まぐれに虐げてくるからだ。

キャリーは、自分より美しい者が身近にいるのを許せないという性情を持っている。父親の愛情を一身に受けるためにも、アリスティナが邪魔なのだ。

アリスティナ自身は、自分が美しいかどうか、同じ年頃の令嬢たちに逢《あ》ったこともなければ、話をしたこともないので分からない。

けれど、身を守るために少しでも役に立つならと考えて、ずっとこうしている。眼鏡を取って髪の染料を落とした姿など、己でさえまともに見たことはなかった。

姉の美貌には、比べるまでもなく及ばないので、気まぐれな行動に振り回されることはあっても、取り返しのつかない大事には至っていない。——デビュー前日の騒ぎ以外には。

父親が話し終えて部屋の中に沈黙が降りると、アリスティナは自分にとっての最重要事項を口に乗せた。

「どなたからのお申し込みでしょうか」

「あー、二か所からきている。一人は、おまえよりも三十歳年上の侯爵どのだ。あちらは二度目の結婚になるが、格上だぞ。ありがたいことだ。一人は十八歳の……こちらは伯爵だな。ちょっとした噂《うわさ》がある。だが、これもおまえには悪くない話だ。どちらも、持参金は必要ないと言ってくれる上、おまえが嫁げばアルデモンド家へ出資することになっている」

「出資……？」

「私の事業にだ」

アリスティナは、そこで初めて、父親の手がける事業が上手くいっていないことを知った。姉を嫁がせるのが限界だったということだろうか。

姉と同母になる兄バージルは他国へ留学中だったが、半年前、急に帰国してきた。費用面で問題が出たのかもしれない。姉は八歳上、兄は六歳上だ。

ごほんとまた咳払《せきばら》いをした父親は、おもむろに付け加える。

「私から見れば、三十歳年上というのは悪くない話だ。だが、まぁ、どちらにするかは、おまえに選ばせてやろう」

娘を売るようなものだ。わずかに目を逸《そ》らしながら言った父親は、呵責《かしゃく》の念を抱いているとも見える。本当の娘だと思っていなくても、何か感じるところはあるということか。

父親は姉の讒言《ざんげん》を――アリスティナの母親は不義を働いていたので、彼女は父の子ではないという嘘《うそ》を、頑《かたく》なに信じ込んでいる。乳母の娘になるメイは、絶対にそんなことはないと断言したというのにだ。

母親は、体があまり丈夫ではなく、この屋敷に閉じ込められるようにして暮らしていた。幼かったとはいえ、アリスティナの覚えでも、不義などできるような女性ではなかったと思う。

証言できる母親はすでにいない。何とかしようにもアリスティナの言葉に父親は少しも耳を貸さないので、もはやどうしようもないのだった。

結婚することによってこの屋敷を出られるなら、それが一番いい。

アルデモンド伯爵家から外へ出たこともなく、一人で生きてゆく術《すべ》を持たない彼女にとって、結婚は、家を出る方法として最上の部類に入る。

――父さまが言う《悪くない話》っていうのは、三十歳年上なら先が短いからってことかな。

でも、そういうふうに考えるのはいや。

母親を流行病《はやりやまい》で亡くしている彼女からすれば、それは避けたい考え方だ。どんな者にも、先立たれて悲しむ人間は、一人くらいはいるだろう。

――もう一人は、十八歳の伯爵様なのね。変な話。どうしてわたしなのかしら。もっといい相手を選べるでしょうに。何か裏がありそうな気がするけど。噂……？　何かな。

父親は口にした以上のことを伝える気はないようだ。おまけに、《直ちに返答せよ》ときつい視線が促してくる。

究極の選択だ。よい方を選ぶのではなくて、より悪くない方を選ぶという選択。

――どうしても逃げ出したいようなことが起こったら、その家を出ていけばいいわ。

胸の内で、そっと拳を握る。

二十歳になるまであと四年だ。成人した時点で先を決めるというのは、とても真っ当な考え方ではないだろうか。

この家への出資問題があるが、援助を受けた上、四年過ぎても上手くいかない事業なら、それはもう父親の手には余るということだ。手を引くのも考え方の一つだろう。

四年間を我慢するなら、若い相手の方がいいと思えた。

――三十歳年上って、なんだか怖いし。

結婚すれば、夫婦の契りがある。

貴族家の奥深くで育てられる子女にはあまり多くの性的知識は与えられない。

けれど彼女は、この屋敷で生き抜くために、知恵と知識を欲して図書室でたくさん本を読んでいるので、行為についてはなんとなく察しがつく。もっとも、単語の意味が分からないから、所詮、察する程度なのだが。

若い方が怖くないかといえばそんなことは微塵《みじん》もないのだが、アリスティナには分かりようもなかった。

「父さま。若いほうへ嫁ぎます」

くっと顔を上げ、はっきり返事をした。

「侍女のメイは連れて行きたいのですが」

「あれは、シーナが連れてきた乳母の娘だったな。役に立つが、まぁいい」

シーナは母親の名前だ。四歳上になるメイはアリスティナ付きの侍女だが、キャリーよりも、よほど本当の姉のように接してくれる。

「ブローデル伯爵家へは返事をしておこう。たぶん一週間後くらいに迎えが来る。出てゆく支度をしておきなさい」

(……ブローデル伯爵様。ファーストネームは何かしら)

重ねて聞いても答えてもらえないのは分かっている。

嫁ぐというのに、お祝いの言葉もなければ、どんな用意もするつもりはないと言われたも同然だった。けれど文句はない。

「はい。お父様」

目元は隠していても、口に覆いをしているわけではないので微笑すればそれと分かる。父親は後ろめたいのか、ほんの少し目線を下げた。

悪い人ではない。とても弱い人なのだと思う。病気になった妻を、流行病だからと屋敷の一室に隔離状態にして、見捨てたも同然のことをした。しかも、看病していた幼い娘までも切り捨てている。

大きな負い目だ。だからこそ、キャリーの讒言《ざんげん》に乗ったのだろう。

今はもう、覆すこともできない詮無いことなのだが。

——十八歳のブローデル伯爵様。その年齢で伯爵家の当主ってことは、父上さまはもうおられないのかもしれないわね……。

相手がどのような人物なのかまったく分からないが、少なくとも、これで屋敷を出てゆける。今はそれで十分だった。

こうして、アリスティナ・フォン・アルデモンドは、年齢だけで選んだ相手、フェルナン・フォン・ブローデル伯爵の妻になることになった。

第一章　出逢《であ》ってすぐに結婚式

ブローデル伯爵家の王都屋敷から、アリスティナを迎えに馬車が来た。初秋の空は高く、天候に恵まれた気持ちのいい日のお昼ごろだ。

母親の遺《のこ》してくれたドレスの中でも一番仕立てがよくて可愛い外出着を着た。髪を染めて三つ編みにしているのはいつもと同じだ。丸い眼鏡も掛けている。嫁ぐのにドレス一枚新調されなくても、新天地へ向かうと思えば、気持ちも足取りも軽い。

アリスティナは父親の執務室へ行って、執務机の向こうで黒い革張りの椅子に座る父親に最後の挨拶をする。

「お父様、長い間、お世話になりました」

「うむ。ブローデル伯爵家に迷惑を掛けないようにな」

書類らしきものを眺めたまま顔も上げてくれない様子を、あきらめの心境で見つめる。

冷たくされても、顧みられなくても、彼女にとってはこの世に残っているたった一人の親だ。できるなら、いつまでも健康で長く生きてほしい。

「では、まいります。どうぞ、お元気でいてください」

淑女の会釈も多分下手だが、言葉通りの思いを込めて深く頭を下げる。すると、父親はそのときばかりは顔を上げた。

「おまえも――元気で」

はっとして執務机の方を見やる。父親は、すでに目線を下げてしまっていた。顔がはっきり見えないのがさびしいが、アリスティナはそっと微笑《ほほえ》んで体の向きを変える。

ただの挨拶だったのかもしれない。けれど、これが最後に聞く言葉なら、悪くない。胸の奥にしまって動き出す。

玄関ホールで、アリスティナの荷が入った大型のスーツケースと一緒に待っているのは、侍女のメイだ。横にある小ぶりな旅行カバンはメイのものだろう。

簡素な外出着を纏《まと》うメイは、小麦色の長くてまっすぐな髪を頭の後ろで一つにまとめ上げ、飾りのない古い型の帽子を被っている。こちらへ向けてくる瞳は、何があっても揺るがない、硬い彩《いろどり》を放つブルーグレイだ。細身なのはアリスティナと同じで、背はわずかに高い。

父も母も亡くし兄弟姉妹もいないメイは天涯孤独だ。一緒に行ける。彼女は、この屋敷の中で、侍女でありながらアリスティナの守護神でもあった。

アリスティナはメイからマントと帽子を受け取って身に着けると、軽やかに動き出す。

「じゃ、行きましょ」

「はい、お嬢様」

二人で外へ出れば、大層立派な四頭立ての箱型馬車が待っていて驚いた。考えてみれば、父親の事業に援助ができるくらいの家だ。それなりの資産家であるのは間違いない。

（ベケット家よりも大きな家なのかしら。それなのに姉さまが縁談の邪魔をしなかったのは、たぶん、噂とやらのせいね。わたしはまだ知らないけど、姉さまは知っていて、今ごろ嗤《わら》いながら屋敷のどこからか見ているかもしれない）

　アリスティナはもう、姉の嫌がらせには泣きも喚《わめ》きもしないどころか、反撃も辞さない。だから出てこないというのもあるのだろう。

　三年前にベケット伯爵家へ嫁いだキャリーが、生家へ遊びに来たと言ってアルデモンド家の王都屋敷へ戻ってから二年過ぎた。ベケット家での一年よりも長く生家にいる。最初は、お迎えはいつごろでしょうかと尋ねていた執事も、もう何も聞かない。

　何があったのか話されていないアリスティナだが、姉が嫁ぐ前と同様、すぐに機嫌が悪くなるキャリーの鬱憤《うつぷん》晴らし役だけは与えられていた。しかしそれも、もう終わる。

　外側も内側も目を丸くして凝視したほどの豪奢《ごうしゃ》仕様の馬車に乗り込み、メイと対面で座れば、御者が丁寧に扉を閉めて動き出す。

　誰も見送りに出てこない。仲がよかった料理番も、何かと話し掛けてくれた老いた執事も、庭番も、誰も。しかし、気性の激しいキャリーの悋気《りんき》を考慮したい気持ちは理解できる。

　さびしさは否定できないが、これで後腐れなく出てゆけるというものだ。

　窓の外を過ぎてゆくのは、活気に溢《あふ》れる王都の繁華街だ。アルデモンド伯爵邸から出してもらえなかったアリスティナにはもの珍しい景色だったが、彼女が頭の中で考えていたのはまったく別のことだった。

（財産も爵位もある若い伯爵様が、どうしてわたしを名指しで結婚相手に選んだのかしら。

〈ちょっとした噂〉って、なにかな……）

家を出るのが何より一番の希望だったので、下手なことを言ってこの縁談がふいになっては拙《まず》いと考えた。だから、はっきり確かめずにこの数日を過ごしてきたのだ。

屋敷は出た。次はこちらと、アリスティナは前に座っているメイに聞く。

「ね、メイ。ブローデル伯爵様の〈ちょっとした噂〉ってなにか知ってる？」

「え？　お嬢様、ご存知《ぞんじ》なかったのですか。私はてっきりご承知の上で決められたとばかり」

「そういえばお名前も知らないわ。ブローデル伯爵様のファーストネームはなに？」

小首を傾げて笑うと、メイはほぅとため息を零しながら話してくれる。

「フェルナン・フォン・ブローデル伯爵様です。お生まれのときはブローデル伯爵家のご三男でいらっしゃいました。だから比較的自由にお過ごしになられて、幼いころから外国へ短期の留学をされていたようですよ。それが、あの流行病のときに……」

アリスティナの母親も、彼女の乳母であったメイの母親も、その流行病で亡くなっている。

メイが途中で言葉を切ったのは、そのときのことが思い出されたからだろう。

「……前伯爵様と奥方様、そして嫡男様とご次男様、皆さまが病を避けて王都から領地へお戻りになられたのです。そこへ、留学先からフェルナン様もお帰りになられて。すると、タイミングが悪かったのか、戻られた途端、ブローデルの領地に病が蔓延《まんえん》したそうです。そのあげく、伯爵家はフェルナン様以外、みな亡くなられてしまったとか」

「皆？　両親も兄弟も？」

「はい。フェルナン様だけ大丈夫だったようです。六年前ですから、当時十二歳でいらっしゃいましたでしょうか。領地では、《死神》だとずいぶん言わたようですよ。伯爵位を継げば今度は《死神伯爵》――と」

「でも、流行病だったんでしょ。それだけ丈夫だったってことじゃないの？　年が若い方が助かりやすいって、聞いたわ。わたしもメイも、あれだけ母さまたちの近くにいたのに、少し熱を出しただけで大丈夫だったじゃない」

　十歳のアリスティナも、その時点ですでに父親を亡くしていた十四歳のメイも、母親たちを必死で看病した。病気になったからと屋敷の端の薄暗い部屋に移されて、使用人たちも近づかず、医師もほとんど呼んでもらえない状態で、まだ少女だった二人は力を合わせて頑張った。

　けれど、天命は尽き、母親二人は神に召されてしまったのだ。

「そうでした。ですが、フェルナン様の領地でもたくさんの方がその病で亡くなっているので、口さがない者もいたのでしょう。そのせいで、フェルナン様は領地にはずっと戻らず、王都屋敷で人とあまり逢わない暮らしをしておられると聞いています」

「伯爵様なのに、そんなことができるものなの？」

「噂では《屋敷に引きこもったまま滅多《めった》に出てこない》……と。ですが、これはすべて聞きかじっただけの噂でしかありませんので、あまり深くお考えになることもないかと」

気にするなと言われても、気になる話だった。

不吉な噂があり、屋敷に引き籠っているなら、ブローデル伯爵が結婚を望んだとしても、相手はそれなりに手を尽くして探さなくてはならなかっただろう。そうして、あちらはアリスティナを引き当てたというわけだ。

うーん……と唸《うな》って考え込んだアリスティナは、それでもアルデモンド屋敷にいるよりはましだと結論付けた。彼女はメイに微《かす》かな笑みを向ける。

「すべては逢ってからってことね」

「はい。そうですね。アルデモンド屋敷にいるよりはましになるようにと願いたいです。それで、お嬢様、あの、眼鏡は取られた方がよろしいのではありませんか？　私は、髪の染料も落としてきた方がよかったのではないかと――今となっては遅いのですけど」

「本来の自分の姿で逢えって？　でもね、どういう先行きが待っているのか分からないから、まだしばらくはこうしているわ。この眼鏡は、わたしの鎧《よろい》のようなものだもの。染料もそう。フェルナン様がどういう人なのか、逢って見て話して考えて、それからよ」

「お嬢様は、相変わらず用心深いですね」

「今までの生活の賜物《たまもの》だわ」

ふふ……と笑い合ったが、メイは顔を伏せて暗く陰ってしまった表情を隠した。

アリスティナがこの姿でフェルナンに逢おうとするのは、己に自信がないからだとメイには分かっているのだ。ありのままの姿をメイはとても褒めてくれるが、他の人にそれを見せたことはない。だから、自分を晒《さら》すのは非常に大きな不安を伴う。

（もしも、フェルナン様がわたしのことを嫌だと思われても、それは仮の姿だからって言い訳が付くものね。最初から理由を作っておくなんて、すごく臆病だわ。でも、本当に、人がわたしをどう見るのか、さっぱり予想がつかないんだもの……）

踏ん切りがつかないまま、いつもの姿で屋敷を出てきた。

（ブローデル伯爵家がメイにとって居心地がよかったら、出てゆくときは一人で行こう。メイだって、結婚することを考える年齢だわ。いつまでもメイに甘えていてはいけないものね）

それがあるから、鎧のような眼鏡もまだ取れない。

窓の外では、王都の街並みが過ぎてゆく。ようやくそれに目を向けたアリスティナは、思わず声を上げる。

「見て、メイ。あんなに大きな建物があるわ」

「あれは中央郵便局ですよ、お嬢様。ガス灯もあります。あちらはほら、飴《あめ》売りがいますね」

「……食べてみたいんだけど」

「それはちょっと……無理でございますね」

会話は楽しげに弾む。結婚相手は〈死神伯爵〉らしいが、胸の内は軽かった。生家とはいえ、あの家で幸せを感じたのは母親が生きている間だけだったように思う。

「汽車に乗ってアルデモンド伯爵領へ行ったのは十年くらい前？　町並みなんて、そのときに見たっきりよ。王都がこんなふうだったなんて、もう忘れていたわ」

「町の中もどんどん変わっていきますから、十年前と今ではものすごく違っています」

「これが見られただけでも、屋敷を出たかいがあるというものよ！」

街路樹を物珍しげに見たあとは、行き交う人々の様子を眺める。すぅっと視線を後方へ投げたアリスティナは、遠くにアルデモンド屋敷の屋根を認めた。

（母さま。ウェディングよ。わたしが花嫁なんですって。なんだか夢でも見ているよう）

一言でいいから母親に聞いてみたい。これでよかったのかどうかを。

「お嬢様、どうぞ」

メイがどこからか小さな赤いビロードの箱を取り出して差し出してきた。アリスティナは両手で受け取って蓋《ふた》をパカリ…と開ける。

中には、複雑なカットを施したダイヤモンドの指輪が燦然《さんぜん》と輝いていて目を瞠《みは》った。周囲を飾るのはルビーとサファイヤで、台は金だ。指輪の形は古くても、石の大きさとカッティングが素晴らしい。

「これ、母さまの指輪じゃないの。よく持って出られたわね」

しげしげと眺める。

昨夜、屋敷を出るために、スーツケースにわずかなドレスや下着などを詰めていたところへ、いきなりやって来たキャリーとバージルがめちゃくちゃに取り出して中身を調べた。

『何かを持って出られると困るからよ』

キャリーはアリスティナにそう言って自分の行為を正当化した。あとで何かを言われるよりはましだと考えたアリスティナは、黙ってその行為を見ていた。主導権はキャリーが握り、バージルは相変わらず気弱そうな調子で姉に言われる通りに動いていた。

それが姉や兄との別れだ。

馬車の中で、メイは目線を下げ、頭《こうべ》を垂れて悔しそうにアリスティナに言う。

「申し訳ありません。見張られていたので、これ以外は何も持ち出せませんでした。これだけはなんとしてもと思いまして、申し訳なくもスカートの中に隠してまいりました」

「メイはほんとに機転がきくわね」

笑ってしまった。キャリーやバージルは貴族家の長女に長男だ。さすがに侍女のスカートの中までは捜せなかったということだ。この期に及んで騒ぎにはできないという理由もある。今回ばかりは、ブローデル伯爵という相手がいるのだから。

この指輪は、母親が嫁ぐときに、生まれ育った子爵家からもらってきたと聞いている。子爵家の家宝だったそうだ。

ビロードの小箱を膝の上に載せ、中から取り出した指輪を両手で握り締めたアリスティナは、そっと目を閉じた。ひんやりとした硬い石の存在を掌《てのひら》に感じる。母親の形見だ。

とうとうアルデモンドの屋敷を出てきた。結婚するというのに誰も祝ってくれない。メイでさえ、あまり嬉《うれ》しそうではない。ぐっと胸が痞《つか》えたようになる。

泣きたい気持になった。でも、泣かない。目尻に少し雫《しずく》が浮かんだかもしれないが、前髪と眼鏡がそれを隠してくれる。まさに鎧なのだ。

アリスティナはふっと顔を上げて、心配そうに彼女を見つめるメイに笑顔を見せた。

「泣いたと思った？　泣かないわよ。泣いたって何も変わらないもの」

メイは顔を顰《しか》めて言う。

「泣きたいときには、泣かれた方がいいのではありませんか？　我慢する癖が付くと、本当に涙が出なくなってしまうかもしれません」

「それでいいわ」

「心のために泣くんです。少しは気持ちを外に出さないと。それに、涙が出るのは悲しいときばかりではありません。嬉しいときにも、泣けることはあります」

「そんなの、想像できない。悲しいときに泣くのを我慢するのは分かるけど、涙が出るほど嬉しいときって、どんなことがあればそうなるのかしら」

「……お嬢様。きっと、いつか、そういうときも来ます。だから、ちゃんと泣けるようにしておきませんと。本当の嬉しさを、身体いっぱいで感じるために」

「メイは、時々変なことを言うわね」

アリスティナは笑顔だ。反対にメイは人差し指の背で目元を少し拭った。泣かない彼女の代わりに、メイはこのごろよく涙を浮かべる。

どうしていいか困ってしまったアリスティナは、再び窓の外を眺めることにした。

誰も祝ってくれない結婚を、空だけは祝福しているかのような雲一つない晴天だ。

アルデモンド家とブローデル家の屋敷は、同じ王都内なので、さほどの時間も費やさずに到着した。

「メイ……、なんて大きなお屋敷なのかしら」

馬車の窓に張り付いて外を見ていたアリスティナは、番人がいた正門から両翼を備えた屋敷の正面玄関前にあるロータリーまでの距離にまず驚き、次第に視界に入りきらなくなる屋敷の壮大さに唖然《あぜん》とした。メイも黙ってこくこくと頷く。

ようやくたどり着いた玄関の両扉を開いて彼女たちを出迎えてくれたのは、一部の隙もなく正装した執事――だと思う。

（二十歳代？　まさか、でも……）

まず若さに驚いたアリスティナは、その高い身長にも、顔の造りのよさにも、かなりびっくりして、上の方にある相貌をしばらく眺めてしまった。

髪は濃いブラウンで硬そうな感じだ。瞳の色も同じで、肌に少し色が乗っているように見えるから、もしかしたらこの国の人ではないかもしれない。

そんな彼女の様子に表情を和らげた執事は、玄関ホールへ二人を招き入れる。扉が閉まると、彼はアリスティナに対して深く腰を折った。

「ようこそ、いらっしゃいました。アリスティナ様。私は当家の執事でリックと申します。どうぞよろしくお見知りおきください」

ただのお辞儀なのにこの迫力はなんだろう。

後ろへ下がりそうになったアリスティナは、どうにか踏《ふ》み止《とど》まって口を開く。

「アリスティナです。どうぞよろしくお願いします。あの、侍女の、メイです」

後ろへ視線を流してメイを見やれば、リックに対してメイはかなり深く頭を下げた。

「メイです。よろしくお願いいします」

「はい。よろしく。メイ」

笑顔で答えられてメイもあたふたとしている。リックはとても優しい笑顔をしている人だったが、明らかな挨拶の違いは、アリスティナとメイの立場の違いを明確に示していた。

（もしかして、〈笑って人を斬る〉タイプなのかも――）

雑多に読んでいた本の影響を多大に受けていると、アリスティナは自認している。その中の一節を引用してみたら、案外ぴったりと嵌《はま》った感じだ。

リックがどうぞこちらへと彼女を案内するので、メイともども後ろからついてゆけば、玄関ホールを抜けたところから階段を二段下りた先に大ホールがあった。三階建ての吹き抜け仕様だ。

あんぐりと口を開けて眺めた高い天井は、素晴らしく精密な絵画で埋められている。ホールの所々に配置されている彫刻は天使が多い。どちらも意匠を凝らした芸術品に違いないが、そういう部分の感性はまったく磨かれていないので、良《よ》し悪《あ》しは分からない。

大理石の巨大な暖炉が左右の壁にあった。これだけ広くても、この二つの暖炉に火が入れば、真冬でも、そして天井がどれほど高くても、かなりの暖が取れそうだ。幾つも下がっている大振りなシャンデリアは、大層高価で素晴らしいものなのだろう――が。

(……万が一あれが落ちてきたら――、窓から外へ逃げよう……)

価値よりも事故の可能性を考えてしまう。逃げ場の算段をするのはアリスティナの習性だ。

大ホールの奥にあるのは幅広の階段で、優雅な曲線を描きながら上ってゆき、二階の踊り場へ通じている。ホール上空へ張り出したベランダのような踊り場だ。さらにその上へと伸びている階段は、下側しか見えない三階の踊り場に届いていた。

空間の広がりがとても贅沢《ぜいたく》だ。アルデモンド屋敷よりはるかに大きい。そして豪華だ。

(なんだか、歌劇場……みたいな感じ？　絵と似てる)

社交界デビューをしていない彼女は、貴族の遊びの一つである歌劇などへも行ったことがない。本にあった劇場の絵を見ただけだ。

「こちらで少々お待ちください」

リックは、くきっと腰を曲げてから、階段の後ろ側にある大扉を開いてその奥へ消えていった。アリスティナとメイは、日差しがたっぷり入る窓辺に立って外を眺める。

「ずいぶん野暮《やぼ》ったいのが来たものだな」

リックが口にした《少々》とは一体どれほどだったのか、いきなりよく通る声がホールに響いた。アリスティナは飛び上るほど驚く。

野暮ったいのは事実だが、本人に聞かせるには失礼な言い草だ。

ぱっと振り返ったアリスティナは、反射的に返そうとした言葉を呑《の》み込《こ》んだ。見間違えようもない。しゃんと伸びた背筋を揺らめかせることもなく、しっかりとした歩みでこちらへ近づいてくるのはブローデル伯爵フェルナン、その人だ。

暗黒の闇夜のような髪は柔らかく額に落ち、動きに合わせてさらりと後ろへ流れてゆく。怖くなるほどまっすぐ彼女へ向けられている瞳の色は紺碧《こんぺき》だ。海と空が重なり合っているような深い色合いをしていた。

鼻筋の通った彫像のような顔に目が釘《くぎ》付けになってしまう。アリスティナの心臓をどきりと高鳴らせる端麗な姿だ。

彼女が知っている貴族の男性は、父親と兄くらいだから驚いても無理はない。纏《まと》う麗質《れいしつ》が違い過ぎる。

フェルナンは十八歳のはずなのに、青年というだけで年齢不詳の雰囲気まであった。近づいてくる。後ろに従うリックの方が背は高いようだが、アリスティナからすれば、フェルナンもかなり高身長で、おまけに細身だ。しかし、弱々しい感触は微塵《みじん》もない。

(怖い……ような)

姉と兄から受けた仕打ちの数々を思い出した彼女は、くっと奥歯を噛《か》み締《し》める。

(眼鏡を掛けて、髪には染粉よ。大丈夫)

逃げるときは、メイの手を握って玄関からだと心に言い聞かせる。

アリスティナの目の前に立ったフェルナンは言った。

「僕が、フェルナン・フォン・ブローデルだ」

微笑したのだろうか。皮肉げに歪《ゆが》められた口元は、彼に似合っていないと感じた。アリスティナは、その表情とフェルナンの澄んだ水のような静かな麗質とのずれに戸惑う。

「名前は？　名乗れないのか？」

「アリスティナ・フォン・アルデモンドです」

夫となる者に対しては会釈をしなければならない。彼女はスカートの襞《ひだ》を摘まむと、見よう見まねで学んだ貴婦人の礼をした。

しかし、優雅さとは程遠く、形として上手《うま》くない。基本ができていないのは確かで、どれほどしっかり足を踏ん張っても、身体の芯が揺らいでしまう。

頭を上げれば、彼女を値踏みするようなフェルナンがいる。

「おまえは、淑女としての教育をあまり受けていないんだろうな」

先の言葉といい、ぶしつけなのは間違いない。本当のことであってもだ。

「あなたも、紳士としての礼儀はあまり学んでいないみたいね」

反射的に返してしまった。こういう部分が、淑女になれない大きな要因かもしれない。

後ろにいるメイがハラハラしながらこちらを見ている。これ以上は口にするなと自分に言い聞かせるのは、到着した途端、家に帰されてはたまらないからだ。

けれど、怒るかと予想したのに反《はん》して、フェルナンは面白そうに笑う。

「過激な反応は楽しくていいな。では、アリスティナ、……アリスでいいか。行くぞ」

「どこへ」

「教会だ。結婚するために来たんじゃないのか？　今から式を挙げて、誓約書にサインをする。それで婚姻は成立だ」

ぽかんと眺めているうちに彼はその場にいる者に言い渡した。

「立会人は、リックと――おまえの後ろにいる、侍女？　そいつでいい」

アリスティナはむっとして、また返してしまう。

「〈そいつ〉ではないわ。メイと言います」

「メイだな。そういうことだから、メイもついて来い」

「は、はいっ」

メイは大慌てで返事をして、頭を下げる。アリスティナは、すたすたと歩いてゆくフェルナンの背中を見つめた。否《いな》やは許されないらしい。元より結婚を目的として来ているのだから、ここであれこれ抵抗するのもおかしな話だ。

アリスティナは一歩を踏み出し、どんどん遠ざかるフェルナンを追ってゆく。リックはこういう動きに慣れているのか、何も言わずに歩き出した。メイもそれに習うのみだ。

そうして、アリスティナは、ここまで乗ってきた四頭立て馬車に再び乗って、王都にある一番大きな教会へ向かうことになった。馬車は二台出されて、後ろに乗るのはメイとリックだ。

先を走る馬車の中で、アリスティナとフェルナンが二人きりで向き合って座っている。押し黙って窓の外を眺めるフェルナンの横顔はとても端正だ。

かといって見惚《みと》れているのも時間の無駄というもので、せっかく二人きりなのだからと、アリスティナは彼に幾つか質問をすることにした。

「あの、質問してもいいですか？」

「なんだ？」

「ブローデル伯爵様。なぜわたしと結婚しようと思ったの？」

彼女の方へ向き直ったフェルナンは、そこでまた小さく笑う。

「伯爵様とか、使い慣れていないのが丸わかりだぞ。ぎこちない。フェルナンだ。フェルと呼んでくれ。その方が呼びやすいだろう？」

「それは、そうですが。いいの？　それで」

「構わないさ。他の誰かがいるところへ行くことは稀《まれ》なんだから」

「そういえば引き籠りだったわね」

フェルナンはむっとした。姉たちと話していると、身を守るために先手必勝とばかりにどうしても攻撃的になる。それがつい、出てしまった。

彼は、笑ったようにしてまた口元を歪める。これは違うと二度目に思う。

周囲の状況に対する感性こそが身を守る最大の武器だったので、アリスティナは勘を鋭くさせて何事にも敏感に応じられるようになっていた。逢ったばかりでも感じることはあるわけで、彼には似合わない笑みだと思うのだ。

深く響くようなフェルナンの声は好きだ。表情はともかく、その声で彼は言う。

「なぜ結婚しようと思ったか、と聞いたな。結婚そのものが目的だ。相手は誰でもよかった。

今年デビューするレディのだれかという条件で名簿を集めて、一番上に乗っていた紙が、おまえのだったんだ」

　つまり名簿はアルファベット順で、アリスティナはＡＡだから一枚目だったということだ。フェルナンの選択方法が一番上の紙というなら、若いというのがアリスティナの決め手だった。同じような選び方をしている。案外、似た者同士なのかもしれない。

「わたし、デビューはしていないわ。しそこなったのよ」

「名簿にはあったんだ。デビュー自体は必須条件じゃない。範囲を狭めるために付けた条件というだけで、どうせ誰であっても、初めて逢う相手になる」

「……」

「今度はこちらが聞く番だな。アリスはどうして僕のところに来る気になったんだ。そんな不機嫌な顔をして馬車に乗っているところを見ると、噂は知っているんだろう？」

　ぐっと目つきが険しくなった気がした。噂は、フェルナンの希望にそぐうものではないようだ。当然だ。誰であっても〈死神伯爵〉などと呼ばれたくはない。

「別に、不機嫌なんかじゃないわ」

「眼鏡と前髪で表情がよく分からないな。大喜びじゃないのは口元で分かるよ」

　アリスティナの事情としては、家を出たかったからとか、気に食わないところだったら二十歳になってから出てゆくつもりだとか、若い方を選んだだけとか、なかなか口にしにくい。

　最初から喧嘩《けんか》を売るつもりはないのだから、一応気遣って別な理由を探す。

「……なにも持って来なくてもいいということだったから。家の事情で持参金が用意できないんだもの。新しいドレスなんかもね。それは、知っているでしょ」

「そういえば、アルデモンド伯爵の事業に援助をするんだったな」

「そういえば……って、決めたのはフェルじゃないの？」

「決めたのは僕だ。援助込みでアリスにすると僕が決めて、調査も手配もリックがした」

「調査も手配もリック？　フェルは何もしていないのね」

自分でもアッと思うが、つい、だ。つい言ってしまう。

「決めたのは僕だからそれでいいだろ。貴族は基本的に、額に汗を浮かべて働くようなことはしないいんだ」

「ふ～ん、だ」

「生意気だぞ。〈夫には従うように〉と教えられていないのか？」

「つ～ん」

誰が教えてくれるというのだ。

ぷいと横を向けば、フェルナンは形の良い唇を引き結んで、うむむ……と唸る。どこか子供じみているようでも、彼は非常に優れた観察眼を持っていた。

「アリスは、どうして眼鏡なんかしているんだ。それ、度が入ってないじゃないか。横から見ればすぐに分かるぞ。おまけに前髪が長すぎる。少し切れよ。瞳が分からないから、何を考えているか分かりにくいし、それのせいで野暮ったいんだ」

攻守があっという間に入れ替わる。

「わ、わたしの勝手でしょ」

すっと伸びてきたフェルナンの右手の先が、ほんの少しだけアリスティナの前髪に触れる。素早い動きで避けきれなかった。そよいだ風が掠《さら》った程度だったというのに、彼女は雷に打たれたようにして大きく背を引く。フェルナンは、過剰な反応に驚いた顔をした。

「別に、乱暴なことをしようとしたつもりはないんだけどな」

「ごめんなさい。つい反射的に避けてしまっただけ。それだけだからっ。眼鏡は……趣味よ。好きなの。掛けているのが」

「奇妙な趣味だな」

呆《あき》れ顔《がお》で言ったフェルナンは、それ以上の追及も要求もしてこなかった。

父親を見ていて、貴族は基本的に尊大であり、自分よりも下と考える者に拒否をされるとひどく怒るという先入観を持っていたが、彼は違うのか。

奇妙だと言いながらも引いてくれたのは優しさのような気がする。その一方で、アリスティナに対して興味がないだけかもしれないと思い直した。

新天地へ来たからといって、何かを期待してはならない。人の心を傷つけるもっとも大きな存在が、同じ箱に入れられた別の人間だ。嫌というほど思い知らされている。人を怖いと思うのはそのせいだ。

同時に、救ってくれるのもやはり人で、メイがいてくれたからこそ今こうしていられる。

人の巡り合わせほど不思議なものはない。

フェルナンと出逢《であ》ったのも不思議な巡り合わせの一つなのだと、アリスティナは彼をじっと見つめる。彼は窓の外を眺めているだけだ。

そうこうしている間に教会へ到着する。荘厳であり壮麗でもある王都で一番大きな教会だ。

初めて来るアリスティナには驚きの連続だった。きょろきょろと周囲を見回してしまう。貴族の令嬢らしくなかっただろうに、やはりフェルナンは何も言わなかった。

どうしようもない娘を妻に迎えてしまったと後悔しているのかもしれない。

帽子もマントも聖堂へ入る前に取って、メイに渡す。パイプオルガンが奏でられる中を、祭壇の前まで二人で腕を組んで歩いた。本来ならバージンロードを歩くときに父親が引く手は、最初から夫が握っている。

参列者はいない。それぞれに関係のある人物の立会人二人――リックとメイ――と、当人たちだけの式だ。ウエディングドレスもなければ、ブーケもない。花びらのシャワーもお祝いの言葉も、何もない。

小さなころは、結婚式に対する夢を普通に持っていた。その夢からすれば、ずいぶんさびしい様子になっているが、身内の参列がない方がありがたいアリスティナにとって、むしろ、これは歓迎できる状態だ。

（メイがいてくれるからそれでいいわ。だから、ね、メイ。哀《かな》しそうな顔をしないで）

メイの前を通るときに、アリスティナはそっと横を窺《うかが》って笑顔を見せる。メイの隣に立って

いたリックがそれに気が付いて、わずかに驚いた顔をしたのがおかしい。メイは泣き笑いのような表情を浮かべて返してくれた。

フェルナンは無表情で前を向いている。本当かどうかは分からないが、男性は結婚に対して夢を持たないと本に書いてあった。他の人はともかく、こうして彼女と結婚したのも必要に応じてということらしいから、フェルナンにとっては大したことではないのだろう。

朗々たる神父の声が流れる。指輪が用意されていたのが驚きだ。

誓いのキスのときに、眼鏡をかけたまま、ちゅっと唇を合わせられて頬《ほお》を上気させたのは不覚だった。そのときだけ、くすりと笑ったフェルナンは、アリスティナがこういうことにまったく未経験だというのにおそらく気が付いた。

(ファーストキス……でも相手が夫なら、順当よね)

何事もなく式は終了して、結婚誓約書にサインをした。立会人二人のサインも入る。

あとは伯爵家として国王陛下へご報告するとともに、貴族名簿に彼女の名前が書き入れられることになるが、それは手続き上の問題だけだ。執事のリックは有能そうだから、彼がすべてを取り仕切ると思われた。

アリスティナとフェルナンは、これで晴れて夫婦となったのだった。

結婚式が終わって屋敷へ戻り、あれこれ案内されてからディナーとなる。

屋敷内を案内したのは執事のリックだ。

『すべてご案内するのに半日では足りませんね。アリスティナ様はもう奥方様になられましたので、屋敷内はご自由にどこへ行かれても構いません。たぶんお暇でしょうから、あちらこちらを探検されるとよろしいでしょう。きっと楽しいですよ』

暇というのは、フェルナンが引き籠りで、出掛けることもなければ屋敷内で何かを催すこともないからだ。自由と探検！　アリスティナは、声もなく楽しげに笑う。

リックはすかさず言葉を添えた。

『ここでお暮らしになることを嬉しく思っていただきまして何よりです』

『嬉しいと思ったって、よく分かったわね』

『仕事柄、さまざまな人の反応に気を付けなければならないからでしょう。人の気持ちを推し量るのに慣れているのです』

リックの身長ではかなり上の方から彼女を眺めることになり、アリスティナの口元くらいしかまともに見えないだろうに、感情の機微をうまく量られてしまった。

馬車の中での会話から察するに、フェルナンもこういうことはきっと上手い。しかも、彼は観察眼がすごかった。メイは知っているから別にして、度のない眼鏡という指摘を受けたのは初めてだ。

屋敷内の案内のあとは、ディナーだ。外出着を大急ぎで夜のドレスに着替えた。

楕円形《だえんけい》の大きなテーブルの端と端に座っているから、フェルナンとは離れた位置で料理を食べることになる。フォークやナイフの上げ下げを煩《うるさ》く言う姉がいないだけで非常に美味《おい》しい食事だ。しかも、種類が多く、珍しい食材もあってかなり楽しい。

フェルナンは、アリスティナの食欲が旺盛なのに驚く。

「疲れたのか？」

「新しい場所へ来たのよ。当然でしょ。おまけに結婚式までしちゃったわ」

「……楽しかったのか？」

「うん、まぁね」

こういう返事の仕方は、淑女としてだめかもしれない。かといって、どうすればいいか分からないのだ。彼女が見よう見まねで学ぼうとしても、相手は姉のキャリーしかいなかったので、とげとげしい端的な会話しか身についていなかった。

それでも、美味しいディナーは心を解《ほぐ》してくれる。自然な態度で聞き返していた。

「フェルは？　どうだった？　結婚式って男の人にはどうなのかな」

「楽しかった……かな。食事も……。こうして誰かと一緒に食べるのは久しぶりだから、一人じゃないのは楽しいんだというのを思い出した」

「それなら、よかった」

一緒にいて楽しいと言われた……と思う。それが単純に嬉しくてふわりと笑う。口元の表情ばかりでなく、アリスティナの周囲の空気が柔らかく広がった。

フェルナンはそんな彼女を見て、少し困った雰囲気を漂わせる静かな微笑を浮かべた。

（こちらの方が、ずっと似合うわ）

歪《ゆが》んだような、皮肉が満載の自嘲を漂わせた笑顔よりもずっと。

食事のあとは入浴、そして初夜だ。

メイは、髪を染めるのは止めて、眼鏡も取った方がいいと言ってくれたが、《今夜こそ必要なの》と主張した。赤に近い褐色の髪は、三つ編みをせずに背中へ下ろす。すると、大きく広がって、波打つ髪が燃えているようだとメイは呟《つぶや》く。

『あまりにも激しい感じで、お嬢様には似合わないかと存じます』

『いいのよ、これで。炎が燃えるように突っ張ってきたもの。そうそう、奥様……でしょ、メイ』

『そうでした。奥様』

きゅっと唇を噛んだメイは、今にも泣きそうだった。

真新しい白い夜着は、アリスティナのために用意されていたものだ。しゅるしゅると滑る絹の上等品で、足もとまで覆う柔らかな布のドレープがとても綺麗《きれい》だ。肩ひもはリボン式で、レースもフリルもたっぷりな上、胸元はギャザーといった可愛らしさもある。

アリスティナは鏡を見て、この姿で眼鏡をかけるのは確かに似合わないかもしれないと思った。けれど外す気はない。

そうして、彼女は、低く頭を下げた年配のメイドに、この屋敷での自分の部屋ではなく、今夜だけの〈特別な寝室〉というところに連れて行かれる。幅広で天蓋付きの大きなベッドが鎮座していて、これが主役だというのは一目瞭然だ。

部屋の中央にある丸テーブルに載せられた花瓶には、色とりどりの大輪のバラが大量に活《い》けられている。花瓶の近くにはワインが用意されていて、伏せられたグラスは二つだ。

（乾杯するのかしら。二人で？）

愛しあって結婚すれば、そういうこともあるかもしれない。けれど、アリスティナは少しもそんな気持ちになれず、ベッドのサイドテーブルの上に用意されていた水差しから冷たい白湯《さゆ》をコップに注いで、ごくごく…と飲んだ。

一人きりでフェルナンを待つ。大きな部屋を行ったり来たりうろうろと歩き回りながら、ときおり窓の外を眺めて夜が更けてゆく様子を目で確かめる。

（初夜……初夜……、逢ったばかりなのに——できるものなの？）

自分にはとても難しい気がする。頭で理解して想像するのと、現実を目の前にするのとでは大違いだ。本で読んだ知識など、果たしてどれほどあてになるものだろうか。

夜着の下は何も身に着けていないから、一枚脱がされれば素っ裸だ。

男も女も裸になって結合するのが夫婦の契りだという。どことどこで結ばれるのか、ある程度は分かるが、どうやってとか、具体的な手順になると——。

最初は痛いものらしい。ものすごく痛みを感じたら、きっと逃げたくなってしまう。

考えれば考えるほど不安はつのり、またうろうろと歩き回った。そうやって数分、あるいは数十分が過ぎてゆく。

廊下を歩く足音を耳にしたアリスティナは、大急ぎでベッドの上掛けの中に入って眠ったふりをした。ばかばかしくても、そうせずにはいられなかったのだ。

（あ、明りが……。だめ、間に合わない）

かちゃりとした金属の音が、夜のしじまを縫って聞こえる。次には、音もなく扉が開く気配がした。空気が流れてそれと知れる。

誰かが――フェルナンに決まっているが――室内に入って扉を閉めた。そして、ベッドへと近づいてくる。ドキドキと鼓動が早くなった。目はしっかりと閉じている。

フェルナンがベッドの横端に腰を掛けるとスプリングが揺れる。アリスティナは彼に背中を向けて横臥《おうが》していたが、上掛けを捲《めく》られ、取り除かれ、覆《おお》い被《かぶ》さるようにして上から覗《のぞ》きこまれた。鼓動はさらに速まる。

――は、破裂しそう……っ。

笑いを含んだ声が落ちてくる。

「眠るときも眼鏡を掛けているっていうのはどうかな。いくらなんでも変だろ」

夜の声とでもいうのか、籠ったように低く腹に響く。艶《なま》めかしいと感じたのは、たぶん、錯覚だ。きっと――。

心臓が踊り狂うので息遣いも早くなっている。とてもではないが眠ったふりなど続行できなくて、アリスティナは、目を閉じたまま慌てて答えた。

「趣味だから……っ」

「それは少し苦しすぎるな。危ないだろうに」

肩を掴《つか》まれて上向きにされる。と同時に、素早く動いたフェルナンの手で眼鏡を取られた。

アリスティナは緊張の極みの中で、両手で顔を覆う。

「そんなにまで隠すのは、どうしてなんだ。傷とかがあったとしても、夫相手なら隠す必要はないだろうに」

「どうしてもよ」

だって、綺麗じゃないかもしれない。嫌だと思われるかもしれない。嫌われるかも。

姉の執拗《しつよう》な苛《いじ》めがアリスティナを臆病にしていた。精いっぱい突っ張っていられるのは、眼鏡を掛けて、悔しいとか悲しいとかの感情を隠してきたからだ。

それを説明するのは難しい。生家でどういう生活をしていたのかというところから始めなくてはいけないし、理解されるかどうかも分からなかった。

「じゃ、そのままでいろ。好きにするから」

——え？

フェルナンは顔を覆う彼女の両手首に指を掛けて少しだけ手首のところを開く。これで、目のあたりはしっかり覆っているが、口元は外へ出た。そこに、温かく弾力のあるものが当てられる。彼の唇だ。教会で、ほんのわずかであっても触れられていたからなんとなく分かる。

するっと合わさった唇は、何度も角度を変えて何度も触れてきた。

口付けには、深く交わるやり方があると本には書いてあったが、ではどういうものなのかまでは分からない。これでいいのかどうかも不明だ。

そうして肩に手が掛かって、肩紐《かたひも》を解かれた。夜着を下げられると、ぽろりと乳房が外へ出る。侍女の仕事をするメイ以外には、誰にも見られたことのない部分だ。柔らかな布地は腹の辺りまで下ろされた。かぁぁ……と頬が上気するが、それは自分の手で隠している。

「綺麗な肌だな……」

ため息のような声を耳が捉える。自分のことを言われているという実感は薄い。

首のところに唇が当てられた。

「きゃっ……」

肩を竦《すく》める。身体中が緊張でがちがちになってゆくのをまざまざと感じる。

フェルナンの唇が、首筋からゆるりと胸の方へ移動していった。舌が出ていると思い至れば、肌全体が熱を溜《た》めてくる。胸を這《は》う唇が開いて、吐息と共に言葉を放った。

「男と女が契るときに、どういうことをするか、知っている？」

「け、結合するのでしょ？」

「……」

ふっと黙られて、それほど珍妙なことを口走ったのかと不安になる。けれど、顔の上半分を隠した手を退けて彼の様子を見ることはできない。見る、それは見られることでもある。

「色気がまったくないぞ。それくらい初めてなんだな……」

間違ってはいないが、笑いながら舐《な》めるのはやめてほしい。吐息がくすぐったくて肩が竦む。

しかし、アリスティナの緊張は少しも解けなかった。

彼女の躰《からだ》に乗り上げているフェルナンの片手が足の方へ下げられて、手繰り寄せた夜着の裾から中へ潜ってきた。

するりと腿《もも》を撫ぜられて、アリスティナは息を止める。緊張のあげくますます硬直した。ぴんと伸び切った足先がそれを示している。

フェルナンがすっと躰を放したかと思ったら、彼の手は夜着の裾を大きく引き上げた。

下着はないから腹の辺りまで上げられれば、下肢の茂みも見えるし、力を入れて伸びた脚がしっかり閉じているのも見えたはず。

恥ずかしくてたまらない。怖さも込み上げてカチカチと歯が鳴るほど震えている。

どれほどそのままだったのか、静寂の中にフェルナンの声が流れた。

「誰も足を踏み入れたことのない雪原を見ている気がする。……おまえ、美しいな」

夜着がもとへ戻されてゆく。彼はベッドから下りた。

何事が起きたのか分からないでいると、もう一声、掛けられる。

「震えているウサギを引き裂いて食ってしまうほど、僕は飢えているわけじゃない。アリスがもう少し震えなくなったら、今夜の続きをするよ。おやすみ」

床に敷き詰められている絨毯《じゅうたん》の上を歩いて遠ざかってゆく気配がする。やがて扉が開いて、閉まった。

そうっと目元から手を放して周囲を見回すと、もう誰もいない。アリスティナが半身を起してみれば、ベッド横にあるサイドテーブルの上に、彼女の眼鏡が置いてあった。それを手に

取って、胸のところまで持ってくる。ぎゅっと両手で握る。

そうしたままで、アリスティナは彼が出ていった扉を見た。彫りも見事な重そうな扉だ。

——優しい……。

胸の内で呟いた言葉に、自分自身が頷いた。

ぎゅっと目を閉じて、何が起きたのかを順に脳内で並べてゆく。

——優しい、フェル。

メイではない人の優しさを受け取ったのは、一体どれほど前になるだろう。母親が生きていたところまで遡《さかのぼ》ってしまうのだろうか。

フェルナンはディナーのときに《一人じゃないのは楽しいんだというのを思い出した》と言っていた。

アリスティナは、数年ぶりにメイ以外の人から齎《もたら》される優しさを受け取った。

結婚式を挙げた日は、そういう日になった。

互いにとっての始まりの日だ。

ブローデル伯爵邸へ来てから瞬く間に数日が過ぎる。

来てからというより結婚してからという方が正しいが、まだ〈結合〉をしていないので、妻であるという気持ちが生まれてこない。《奥様》と呼ばれるのにも、慣れない日々だ。

アリスティナには伯爵家の奥方様用という二階の部屋が割り当てられている。落ち着いた広い寝室を中心に、廊下へ出ずに行き来できる続き部屋が数部屋あり、書斎や衣装室、フェルナンと二人で使用するサロンもある。当然、水周りも完璧だ。

南向きなので、陽射《ひざ》しが入るのが嬉しい。生家アルデモンド伯爵邸での彼女の部屋は、北向きで陽光も入らず薄暗くて寒かった。今は、明るくて、暖かい。

二人のためのサロンからその向こうへ続くのはフェルナンの部屋だ。廊下を使わずに行き来ができる造りだが、いまだそのドアが開けられた試しはない。


結婚式の翌日は、朝はゆっくり起きて、昼から書類に埋まった。貴族の結婚ということで、提出先のある書類をリックが山ほど抱えて持って来たのだ。

彼女用の書斎も広い。黒檀《こくたん》で造られた両袖の執務机もあれば、本棚もあり、部屋の中央にはソファやローテーブルといったサロン的な設《しつら》えもなされている。

ソファを使用することにしてアリスティナがそこに座ると、目の前のローテーブルの上に、ざざざ……っと書類が広げられる。

紙の束には、すでにフェルナンの名前が記入されていた。一枚目の彼の名の下にアリスティナがサインをしようとすれば、すぐに注意が飛んでくる。

「きちんと書類の中身をお読みください。自分でサインをする正式書類は、疎《おろそ》かにしてはなりません。書類は読むという癖をつけておかれるのがよろしいでしょう」

ソファの横に立っているリックは、腰を屈《かが》め、書類の一行目を指して言った。

「分からない単語があるわ。……調べてからでもいい？　図書室があったから、そこで」

屋敷を案内されたときに図書室があったのを見ている。伯爵家らしく、書籍の数も多いなら、辞書も各国語のものが揃《そろ》えられていた。難しい蔵書を読むのは無理でも、書類の中身を調べるくらいならアリスティナにもできると思う。

リックは口元に笑みを浮かべる。この顔も見慣れてきたが、本当に笑っているわけではなく、たぶん執事用の定型表情だ。

「そういうお心掛けは素晴らしいのですが、提出期限というものがあります。どうぞ声を上げてお読みください。読むことができない単語は私がお教えしますし、意味が分からない部分は、ご説明します」

彼女に読み書きを教えた母親は、十歳の子供に見合う段階よりも少し上級程度の語学を学ばせていた。とはいっても、教えられたのは子供の範囲内だ。正式書類を読むには足らない。

ちらりとリックを見上げれば、彼は腰を屈めてニコニコしている。

（書類一つまともに読めないって呆れているとか、バカにしているとか……。そんなふうには見えないわね）

リックはとても大人で、彼女が意地だけで突っ張ってしまうような取っ掛かりさえない。

「じゃ、読むわね」

分からないことも多かったが、リックは一つ一つ丁寧に説明してくれた。

書類の中には財産に関することもあり、どうしたいのか希望を尋ねられたが、それについてはフェルナンに一任だ。アリスティナは嫁いでくるのに持参金もなければ、新たなドレスもなく、ほとんど身一つで来ている。何かを望めるような立場ではない。

最大の希望であった〈アルデモンド家を出る〉は叶《かな》えられているのだから、これ以上を望んではいけないと考えた。

一通り終われば夕方になっていた。これで終わりと言われて背凭《せもた》れに身を預ける。

「リックはものすごく有能なのね。なんでも知っているし」

「奥様も、ずいぶん優秀でいらっしゃいますよ。質問が鋭い上に、すぐに理解してゆかれるので説明のし甲斐があります」

「褒めてくれて、ありがと。フェルにもそうやって教えたの？」

「幼いころは家庭教師がいましたが、こちらで閉じ籠ることが多くなられてからは、私がお教えしています。体術とか格闘術なども私が伝授させていただきました」

体術は防御、格闘術は攻撃だ。違うだろうか。リックは続けて言った。

「旦那様は人と逢うのが苦手でいらっしゃいます。家庭教師が煩わしいのでしょう」

「フェルの気持ちは分かる気がするわ。何か言われるのが嫌なのよ、きっと」

リックの両眼が眇《すが》められて、アリスティナは彼が初めて本当に微笑んだのを知った。くしゃりといった感じで、整った顔が大きく緩んだのだ。

「お分かりいただけまして、ほっと致しました。そういう時期もあるということなのでしょう。旦那様も優秀なお方でございますよ。では、私はこれで失礼いたします」

深く一礼して部屋を出てゆくリックの背中を見送る。こういうデスク仕事は、今までほとんどやったことがないので、ひどく疲れてしまった。

その翌日は、王都の有名店デザイナーや仕立屋のチーフがやってきて、アリスティナのドレスを作るための打合せをたっぷりした。

彼女はドレスの知識を持っていないのですべてお任せになるが、採寸はしなくてはならない。すでに、ある程度基本形に仕立てられていたドレスの仮縫いもある。

「ドレスって、そんなにたくさん要るものなの？」

奥方の侍女として後ろで控えているメイに、ひそひそと聞く。メイは笑って答える。

「昼間のドレスに外出着に舞踏会用などですわね。他にも乗馬用とか夜会用とか。それはそれは大量に必要なようです」

「でも、出掛ける予定なんてないのでしょ」

「とにかく作っておくのだと、リックさんが」

にこやかに答えるメイを見て、アリスティナは内心でほっと息を吐いた。ここの生活はメイにとってても楽しいようだ。

ブローデル伯爵家には財力があるというから、アリスティナが心配する必要はないのかもしれない。

帽子屋も来た。靴屋も来た。扇に日傘に宝石に……と、どんどんアリスティナの持ち物が増えてゆく。毎日着るドレスが毎日新品であるのを、散財とはまさにこのことだと驚きの目で見るばかりだ。そういう日々が過ぎてゆく。

朝や昼間は顔を合わせなくても、ディナーはフェルナンと一緒にとる。それは、結婚した日からの暗黙の了解になっていた。アリスティナはこの時間が一番好きだ。

姿と同じく、怜悧《れいり》な物言いをするフェルナンは嫌味《いやみ》を載せた辛口の言葉もたくさん口にするが、彼女を傷つけようという意志はない。それだけで会話が楽しいとさえ感じる。

歪んだ笑みではなく、可笑《おか》しくて零れるフェルナンの自然な笑いを、アリスティナは本当に好きになっている。優しいと感じられる彼の笑顔が好きだ。だから余計に、いつもは言わないことも話してしまうのかもしれない。

「すごく美味《おい》しいわ。秋がどんどん深くなってくるって感じ。果物も木の実も熟して食べごろになってくるから、美味しさも倍増だもん」

「果物は分かるが、木の実？　なにかあったかな」

「栗《くり》よ！　シチューに入っていたでしょう？　あのほくほくほろっとしたのが栗。そのうちきっとデザートにも入ってくるわ。楽しみ！」

テーブルの上に身を乗り出さんばかりにして主張すれば、フェルナンは目を丸くしてから、食事の席だというのに身を二つ折りにするほどの大笑いをした。何がそれほど可笑しいのかと睨《にら》んでいれば、彼は顔を上げて一言。

「食いしん坊め」

頬を真っ赤に染めたアリスティナは、怒ったふりをしてばくばくとパンと野菜を頬張る。美味しい。そして楽しい。

食事中に交わされる彼女たちの会話は料理長にも伝わる。次の日のデザートは、栗のモンブランケーキだった。

アリスティナにしてみれば、自分の言葉を周囲の者がまともに聞いてくれるということが、何よりも珍しいし嬉しい。自分がここにいるということを、皆が知っていてくれる。特にフェルナンは、彼女の一挙一動に大きく反応までも返してくれるのだった。

彼は当主だ。笑ってくれるフェルナンを見ていると、ここにいてもいいのだと思える。ここには自分の居場所があると感じられる。

そうして、一週間、十日と過ぎると、新しい生活に入ったことによる忙しさは落ち着いて、一気に時間が空いてきた。アリスティナは、こういうときこそ屋敷の探検だと思いつく。

貴族の生活は、夜の催しが多いので、朝はゆっくりというのが普通だ。目が覚めても、ベッドの中でごろごろしていることも多い。アリスティナには夜のお出掛けなどないが、その習慣は身に馴染《なじ》んでいる。

けれどその日は素晴らしい晴天だったので、彼女は朝早く起き上がって外の庭を回ることにした。ドレスを着付けてくれるメイにそれを告げる。

「今から外へ散歩に出ようと思うのよ。表の庭よりも東の庭の方が広いみたいだから、まずそちらね」

「東の庭には、太くて大きな木がたくさんありますよ。それこそ、栗の木もあって、イガのまま落ちているかもしれません。持ち帰られましたら、調理してもらいましょう。お昼すぎには、一旦お戻りくださいね」

「ん？　メイは一緒に行ってくれないの？」

後ろでリボンを結んでいたメイは、申し訳なさそうに答えてくる。

「このお屋敷は、大きさの割に使用人がとても少ないのです。メイドも足りません。ですから、奥様のお世話だけでなく、屋敷内の仕事もしたいと思っております。奥様が散歩に出られるなら、その間は別のことをしたいのです。よろしいでしょうか」

「メイがそうしたいなら、それでいいわ。一人で行ってくる。でも、本当にいいの？　侍女の仕事ではないのでしょう？　掃除とか……仕事を増やされてしまったの？」

「いいえ。これは私がそうしたいと思うだけで、誰からも何も言われてはいません。だからこそ、やりがいもあります。これだけの家なのに、ハウスキーパーがいませんから、どうしてもリックさんの仕事が増えるんです。少しでも手伝いたいのですよ」

ハウスキーパーは女使用人たちの一番上になる管理職だ。鍵の管理とか、就寝前の見回りなどもするし、メイドたちの仕事の割り振りもする。

（《リックさんを手伝いたい》……？）

ちくっと、なにかが思考に引っかかった。首を回してちらりと後ろを見るが、メイはいつも通りにアリスティナのドレスを着付けている。何が気になったのかと訝《いぶか》しげに首をひねりながらも、確かな形にはならなかった。

くっと前を見据えてアリスティナは言う。

「ハウスキーパーは女主人のすぐ下になるのよね。女主人って、その家の奥方のことだから、わたしでしょ。どうすればいいのかな」

「いずれ、リックさんが教えて下さるでしょう。誰でも、最初は何も分かりませんし、知らないことはできません。ご心配になられなくても、少しずつ整っていきますよ。あんなにしっかりした執事がいらっしゃるのですから」

リックは有能だ。メイの言う通りだろう。

それにしても、メイのリックに対する信頼は大層なものだ。

「はい。できました」

「じゃ、行ってくるわね」

「行ってらっしゃいませ。屋敷の敷地内からは、お出にならないでくださいね」

「門番がいるじゃない。出られないわよ」

メイは笑う。

「この家の奥方様なのですから、門番がとやかく言うことはできません。旦那様が、奥様を出してはならないとご指示なさらない限り、自由に外へ出られます。奥様の行動を制限できるのは、旦那様だけですから」

びっくりして目を丸くする。そういうことになるのかと、新たな認識を得てそれを噛み締めた。自由にするなら、奥方の役目もいずれしっかりやってゆかねばならないはずだ。バランスとはそういうものなのだから。

屋敷の庭へ出ていく。初秋のさわやかな空気を思い切り肺に入れて深呼吸だ。

この国は大陸の北寄りになるので、秋といえる期間は短く、冬はすぐにやって来る。だからこそ、いまこのときを満喫したい。

東の庭は広く、太い木がたくさんあった。そのうちの一本に近寄る。

「大きな〈うろ〉ね」

太い木だ。まっすぐ上へ伸びる幹の、ちょうど彼女の胸の高さほどのところに、ボコリといった感じで穴が空いているのを見つけた。さらに近寄って、穴の周囲の膨らんだ木の皮に手を当てる。穴は、直径三十センチくらいはありそうだ。

（アルデモンド屋敷の庭にあったのと、同じくらいの大きさだわ……）

〈うろ〉から連想される苦い思い出がある。母親が逝去してすぐのころだ。

母親が寝かされていた屋敷の北の端にある部屋は、そのままアリスティナの自室となった。母親の持ち物を、この先彼女が使うことにして整理をしていたところへ、姉のキャリーと兄のバージルが来た。彼らは、亡くなって一か月もしない母親の遺品を漁《あさ》って、高価そうなものを持って行くつもりで来たのだ。

『やめてよっ！　それは母さまのものなんだからっ』

十歳だったアリスティナは必死になって止めようとしたが、姉は十八歳、兄は十六歳だ。力では到底かなわなかった。

『なによ。これはアルデモンド伯爵家のものでしょ。あんたが使うより、わたしが使った方が役に立つんだから！』

『違うわ。その指輪も首飾りも、ドレスだって、母さまが生まれた子爵家から持って来たものだって聞いたんだからっ！』

『もういない人よ。証言はできないわね。あらあら、大したものはないじゃないの。ドレスはちょっと古い感じよねぇ。細くてサイズも違うから、ドレスは使えないわね』

『やめてよ、やめてよ』

うるさいわねと突き飛ばされて、膝に擦り傷を負って泣いた。泣いたのは、そのときが最後だ。泣いても喚《わめ》いても誰も助けてはくれず、どうにもならないと身に染みた出来事だった。

その場にはメイもいたが、抵抗すればすぐに屋敷を追い出されるのは目に見えていたから、部屋の隅からそっと出てゆくしかなかった。

ところが、メイは部屋を出てゆくときに、宝石箱を一つ隠し持った。それを油紙に包んだ彼女は、庭の大木の〈うろ〉の中に隠した。

機転が利くとはまさにこれだ。宝石箱の中には、アリスティナが社交界にデビューするときのためにと、母親が用意した品々が入っていた。

ティアラや指輪、真珠のネックレス。その中にあった指輪の一つが子爵家の家宝といえるもので、アルデモンド邸を出るときにメイが持ってきた指輪だ。

『宝石箱を一つ隠しましたので』

騒ぎが収まってからメイの言葉を聞いたアリスティナは、姉たちがいないときに、その木の〈うろ〉まで行った。中を見たときには、ほっとすると同時に笑ってしまった。

油紙のまま胸に抱きしめて、しばらくじっとしていた。メイはアリスティナの様子を心配そうに眺めていたが、大丈夫。もう泣きはしない。

木の〈うろ〉にはそういう思い出がある。

（あれからもう六年も過ぎたんだわ……）

このブローデル伯爵邸では、姉も兄もいないし、誰かが〈うろ〉の中に何かを隠していることもないだろう。けれど、そういう思い出があるから、覗いてみたくなった。

アリスティナは、両手を端に掛けて顔を近づけていく。すると、上方から聞き知った声が落ちてくる。

「止めておけ。木のうろには、たまに小動物の巣がある。鳥の巣もあるから、顔なんか近づけると、侵入者だと考えた親鳥に突《つつ》かれるぞ」

ぱっと顔を上げると、上方の木の枝にフェルナンが座っている。太めの枝の上に腰があり、両足が膝から曲がって下へぶらぶらしていた。白いドレスシャツと仕立てのよさそうなベスト、そして黒いズボンだけで、靴は履いていない。

「フェル！　何をしてるの？　危ないわ、そんな高いところ。どうやって登ったのよ」

「たまにこういう場所で本を読むんだ」

彼が右手に翳《かざ》したのは、黒い表紙の本だった。

「そこにいて、アリス。降りるから」

「えぇっ！　飛び降りるの？　そんな――」

アリスティナは大いに慌てた。どうしようかと周囲を見回しても誰もいない。屋敷の方へ人を呼びにいくのも間に合わない。フェルナンはすぐにも飛び降りてしまいそうだ。

どうしようどうしようどうし……。

頭の中が一気にパニックになった。苦しい息遣いを繰り返しながら旅立ってしまった母親の姿が、一瞬、脳裏を過る。

――もう、あんなのは、いや……っ。

アリスティナは思わずフェルナンが飛び降りようとしている場所まで行って、上を見て両腕を広げた。

フェルナンはアリスティナよりもずっと身長があり、当然体重もある。腕を広げたところで受けとめるなど不可能だ。しかし、とっさの動きだったので、冷静な思考は微塵《みじん》も生まれなかった。

「アリスっ」

すでに飛び降りようとしていたフェルナンは、彼女の動きを目で捉える。勢いを付けた動作

は止まらない。かろうじて体を捩《よじ》った彼は、アリスティナの横の方へ転がるようにして落ちた。

アリスティナの両腕は、風の流れだけを受け取る。

「フェルっ！」

「痛ぅ……っ」

ゆっくり体を起こしたフェルナンのすぐ横に膝を付いたアリスティナは、必死の形相で彼を見つめる。夢中で広げた両腕と同じようにして、思わず彼の右腕を両手で掴んだ。

足から飛び降りれば、身長もあるので大したこともなく降り立てる予定だったのが、これは態勢が悪すぎた。

それでも、土の上だったのは幸いだ。木の根などがあれば、骨の一本や二本、折れていた。

ただそれは、外から見るだけでは分からないので、アリスティナはものすごく焦った。素直に転がったのもよかった。痛みはあっても、打ち身だけだ。

「フェル、フェル、大丈夫？　そうだ、誰かを呼んでくるから、待っていてっ」

「アリス！　大丈夫だからっ。木から落ちたなんて、誰にも言うなっ。恰好悪《かっこうわる》いだろうがっ」

アリスティナは、立ち上がろうとしたところを、後ろから手首を掴まれて止められる。

引っ張られて土の上に膝をついたアリスティナは、フェルナンがどこか怪我《けが》をしていないかと、坐《すわ》っている彼の肢体のあちらこちらへ再び目線を走らせる。

「恰好悪いって、そんなことどうでもいいじゃない。……本当に大丈夫なの？」

乱れた黒髪が額に掛かっている。顔を覗《のぞ》き込《こ》んだアリスティナは、むっと睨まれてひどく動揺した。黒に近い紺碧《こんぺき》の瞳が鋭く彼女を睨んでいる。怒っているのか、視線が突き刺さるかのようだ。怖い。しかし、アリスティナは、逃げる気にはならなくて彼を見つめ続ける。

瞳の澄みきった様相がすごくて、まるで透き通った宝石のようだとか、角度によって黒色に近いようにも見えるとか、自分はこんなときに一体何を考えているのやらだ。

「平気だ。大体、アリスが真下に来なければもっと平気だったんだ。いいかっ、下敷きになればおまえの方が危ないんだぞ。それを、腕を開いて受けとめるだなんて、考えなしだな」

「だって、何かあったらどうするのよ！　考えて動いたわけじゃないわ」

「本気で受けとめる気だったのか？」

「それ以外になにがあるっていうの！」

どきんどきんと心臓が踊っている。フェルナンになにかあったらと思うと、たまらない。母親のように逝ってしまったらと、想像するだけでも恐ろしい。結合はまだしていないが夫なのだ。新しい家族なのに。あれほど優しいのに。失くしたくない。

黙ってしまったフェルナンは、土の上……というより、広がったドレスの裳裾《もすそ》の上に座り込んで、必死に彼を見ているアリスティナをもう一度まじまじと眺めた。そして、軽い動作ですっと立ち上がる。

彼はアリスティナを見下ろして笑った。ほわんとした優しい笑顔だ。

「おまえは僕以外の誰であっても同じことをしたんだろうが、僕の方は、腕を広げたアリスの姿が目の奥に焼き付いてしまった」

「……え？」

「丸い眼鏡をかけて染めた髪を編んで背中に垂らした姿が――僕を助けようとして腕を広げたおまえの姿が――これじゃ、野暮ったくてヘンテコな姿のアリスを死ぬまで忘れられないぞ。どうしてくれるんだ」

「……えっと……」

あー……だの、うー……だの、何を言えばいいのか分からず、言葉の代わりに空気をたくさん吐いた。両手がふわふわと踊るのも、狼狽《ろうばい》の証拠だ。

そんなアリスティナの様子をふふんと笑ったフェルナンは、綺麗な動作で踵《きびす》を返す。

登っていた木の後ろ側から靴を取り出すと、それを履いて、怪我はないと証明するような軽い足取りでその場を立ち去って行く。後姿も様になる、まさに貴公子だ。

去ってゆく背を見ていると、フェルナンは数歩のところでくるりと振り返って言う。

「三日に一度くらいは一緒に外を歩くっていうのはどうかな」

「一緒に？」

「アリスが外へ出るときに誘いに来てくれ。行けるときは、一緒に行く。いいだろう？」

答えを待っているフェルナンへ向かって、アリスティナは大きく頷《うなず》く。

「うん。……あ、はいっ」

淑女たる者、返事が《うん》ではいけないと、父親が注意していたのを思い出す。

すぐに訂正したアリスティナへ、フェルナンは初めて見るような綺麗な微笑を投げてから、もう一度体の向きを変えて、今度こそ本当に行ってしまった。

笑顔に当てられてぼんやり座っていたアリスティナは、太陽光が自分の上に落ちてきたのに驚いて空を仰ぐ。太陽の位置が真ん中あたりになっていた。

(そういえば、お昼ごろには戻ってくださいって、メイに言われてた)

素早く立ち上がって、ドレスの裾に付いた土を払いながら、ふと先ほどフェルナンが言っていた言葉を脳内で反芻《はんすう》する。

『染めた髪を編んで』

眼鏡に度が入っていないのは馬車の中で知られている。けれど、髪を染めているのも気が付かれていたとは、やはり彼の観察眼は相当なものだ。観察した材料を判断の糧にして、正しい結論を出せる頭脳を持っているということでもある。大したものだ。

しなやかな動きだから運動能力も高いのだろう。どこか猛獣の気配がするリックが体術や格闘術を伝授したと言っていた。きっとそのせいだ。

端正な容貌に、冴《さ》えた頭脳と高い能力。フェルナンは、屋敷に引き籠っているのが、本当にもったいない人だ。

(もしも彼が外へ出たら、もうわたしには手の届かない人になってしまうんだろうな)

考えずにはいられなかった。

ゆっくり歩きだす。

いつか自然な形で、自分を包む鎧《よろい》を外せたら。いつか、その姿でフェルナンの前に立ったら、彼は何と言うだろうか。

歩いているのが早足になり、やがて駆け足になる。三つ編みになっている髪が、ボンボンと背中で跳ねた。ドレスの裳裾が大きく後ろへ流れる。

屋敷の中に入り自分の部屋へ行くと、メイが彼女を待ちながら、午後のドレスの用意をしている。どうして一日に何度も着替えるのかと聞いても、《そういうものですよ》と言われるだけなので、もうそのままだ。

「メイっ」

「どうされました。走って来られたのですか」

メイも優秀だ。アリスティナの様子を見て、すでに用意してあったジュースのコップを渡してくれる。こくこくと飲んで一息ついたアリスティナは、メイに言う。

「ね、メイ。フェルのことを知ってる？　噂《うわさ》じゃなくて、領地でどうしていたのかとか、留学先はどこだったかとか」

「……？　さぁ。誰かに聞けば分かることもあるでしょうが……、でも、ご本人に聞かれるのが一番ではないでしょうか。人伝《ひとづて》では、間違ってしまうこともあります。あの、奥様」

「なに？」

「旦那様のことが知りたいと、そういうことですよね？　ブローデル伯爵家のことではなくて、フェルナン様のことを、知りたいと」

「そう、そうなの。わたし何も知らなくて、だから知りたいって……」

話しているうちに、アリスティナの頬はどんどん上気して赤みを帯びていった。自分が言っていることに、ものすごく羞恥を覚える。

「い、いまのは、無し。自分で聞くから、いいわ」

「たわいないことでよければ、リックさんにそれとなく聞いてみましょう」

「……お願い」

メイは微笑んで、それ以上は何も言わなかった。


フェルナンと一緒にときおり散歩をするようになったのはそれからだ。

「わたしも木に登ってみたいわ」

「だめだ。いいか、だめだからな。一人でいるときに試すなんてのも、絶対に！　だめだ！」

むっとしてアリスティナは言い返す。

「落っこちるとでも？　大丈夫よ。そんなマヌケなことにはならないわ」

先日〈落っこちた〉フェルナンを揶揄《やゆ》していたのは明白で、彼はむっと黙った。言い過ぎたかなと思えば。

「僕がいるときに、低い位置ならいい。落っこちても、僕なら受け止められる。アリスは細くて軽そうだから大丈夫だろ」

「だめ、危ないわ。軽そうでも、人ひとり受け止めるって、下敷きにでもなったら……」

「じゃ、やるな」

なんだかんだと言いくるめられてしまう。

「向こうの木にも大きな〈うろ〉がある。鳥が巣を作っていた。見てみるか？」

「はいっ」

どうにか、返事は《はい》で統一できるようになっている。フェルナンは唇を綻ばせて、すいっと手を出してきた。掌《てのひら》が上を向いた状態だ。

それを食い入るように見つめたアリスティナは、おそるおそるといった体で右手をそっとそこに載せる。フェルナンはぎゅっと彼女の手を握って歩き出した。

案内してくれるだけなのに、なぜ手を繋《つな》ぐ？

質問はあれど口にすることもなく、アリスティナは頬をわずかに上気させながら、木の〈うろ〉にあるという鳥の巣を見るために、フェルナンに連れられていった。

そうやって、新天地へやって来たアリスティナの秋の日々は過ぎてゆく。

静かで暖かく、嵐の前のような日々が。

第二章　大喧嘩

図書室の本は、鍵の付いた別書棚にあるブローデル伯爵家の蔵書以外は持ち出してもいいとフェルナンに許可をもらった。アリスティナは〈最新〉と名札の付いた小説棚から一冊選んで手に持つと、屋敷の探検によって最近見付けた屋根裏部屋へ向かう。

本棟の三階から隠されたような細い階段を上ったところにあり、白い壁紙など部屋としての体裁は整えられているが、れっきとした屋根裏だ。

屋根の外へ突き出たドーマ形状の屋根窓が二つほどあって昼間はかなり明るい。

雑多に置かれている物品は、絨毯《じゅうたん》や絵画、それにカーテンなどに限られていて危ないものはない。物置になっていても、階段が狭いから大型の調度品などは上げられないのだ。

屋根窓近くに、くたくたと折り重なって放置されている数枚の絨毯があり、そこが彼女のお気に入りの場所だ。自分の部屋から持ち出してきた大型クッションを幾つも並べて、体を預け、一人で本を読む。眠くなれば、クッションに凭《もた》れ掛《か》かって軽い睡眠もとれる。

今日もそこに座って、膝の上に持って来た本を載せた。午後一番の秋の陽が暖かく差し込んでいて大層気持ちがいい。

屋敷へ来た当初の忙しさとは打って変わって、静かな日々が続いている。庭を歩いたり、屋敷の中を探検したりと、退屈さもさほどない。危険もなく自由であることが楽しい。

逆に、フェルナンはこのごろとても忙しいようだ。散歩に誘っても、一緒に外を歩けるのは、三度に一度くらいになった。

なんとなくだが、リックと打ち合わせをしながら何かをしている。それは事業かもしれないし、もっと別なことかもしれないのだが、説明されてもアリスティナに分かるかどうかは怪しい。

（……〈結婚〉が必要だって最初に言ってたわよね。何のために必要なのかまだ聞いてない。わたしが来て結婚したから、第一段階は終了でしょ。じゃ次は？　何をしているのかな）

話してもらえないのは仕方がない。結婚してまだ一か月ほどなのだから……と、自分に言い聞かせる。大体、夫婦の契りもまだ済ませていない――と、ここでアリスティナはゆるりと首を横に振った。これ以上は考えないことにしている。

「えっと、続きは……、ここね」

持って来た本を広げて読み始めるが、すぐにふぅとため息を吐く。いつもなら、瞬く間に本の世界へ入ってゆけるというのに、今日は難しい。ついさっき見てしまった光景が頭を過《よぎ》り、そちらに気が引かれてしまうからだ。

ここへ来るときに、二階の階段の踊り場から一階の大ホールを見た。そこに、リックとメイがいて、立ち話をしていた。わずかに聞こえてくる会話の内容は仕事のことだった。

執事と侍女が仕事の打ち合わせだ。なんでもないごく普通の光景だったが。

（メイ……。楽しそうだったなぁ……。きらきらしてた）

小さなときから寄り添って生きてきたから、顔を見ればすぐに分かる。メイは、執事のリックが好きなのだ。考えてみれば、そういう気配は多々あった。

（メイが《リックさんを手伝いたい》って言ったときには、もう好きだったのかも……）

アリスティナがフェルナンのことを知りたいとメイに伝えてから、リックに聞いたのだと言って話してくれる内容が、次第にリック自身のことが多くなっていった。

『リックさんは、執事のお仕事に就く前は、他国で兵隊をしていたこともあるとか。だから、旦那様に、格闘術などを伝授できるそうなのです。外国の言葉にも堪能でいらっしゃって。あ、もちろん、旦那様も留学していらっしゃいましたから……』

メイは屋敷内の他の使用人からも聞いてきて、いろいろ教えてくれる。

『前のブローデル伯爵様……旦那様のお父上に助けられたことがあって、それでリックさんは、前伯爵様が亡くなられたときに、こちらに戻って執事の職に就かれたとか』

それもこれも、メイがリックのことを知りたい気持ちがあるからだ。もちろん、メイはフェルナンのこともたくさん話してくれる。

（リックは、メイのこと、どう思っているのかしら）

個人的な感情がほとんど窺《うかが》えないリックだから、気持ちを確かめるのは大変そうだ。

（でも、メイなら。きっと大丈夫）

うんっと心の中で拳《こぶし》を握る。

アリスティナのために頑張ってきたメイだから、幸せになってほしいと心の底から思う。少しさびしい気持ちもあるけれど、本当の姉のようなメイの幸福を願う心に嘘《うそ》はない。

(……その人のことを知りたいのは、やっぱり、その人のことが……)

好きだから――。

横に置いてあるクッションに頭を預けてころんと横になったアリスティナは、眼鏡を取って今度はそのクッションに顔を埋めた。頬が熱い。脳裏では、フェルナンが笑っている。

(わたしのほうは、ちっとも大丈夫じゃない。ほんと、どうしよう)

自分に自信がない。自信を持ってるだけの拠《よ》りどころもない。淑女には程遠く、貴族家の女主人として何をすればいいのか少しも分からない。言葉使いも上手《うま》くなく、ダンスも踊れない。貴婦人の会釈さえ、下手だ。外国語を操るなど、夢のまた夢。

目を閉じる。苦しい胸の内を抱えてフェルナンの面差しを追っているうちに、アリスティナは微睡《まどろ》み始めた。すぅ……っと寝入ってゆく。が、ふと、人の気配がした。

――近くに誰かいる?

眠い。けれど誰かいるなら確かめなくてはいけない。目を開けなくては。

浮遊している意識が次第に自分に近づいてくるのと並行して、ゆっくり眼を開けてゆく。時間をかけて瞼《まぶた》を上げ、目の前にあるものを瞳に映す。思考はまだやってこない。目を開けて、さわさわと長い睫毛《まつげ》を震わせながら瞬《まばた》きをする。

そうして、アリスティナは、大きな瞳に〈誰か〉を映した。

——黒い？　違うわ。藍色に近い紺碧。宝石のような瞳。すごく綺麗。

これは知っている眼だ。

——とっても冷たい感じ？　周囲のすべてを見据えるような。何に対しても、最初は喧嘩を売ってるみたいな刃のような目。でもね、笑うと優しくなるの。知ってるわ。

このごろたまに笑っている。それを見ることができると、自分はとても嬉《うれ》しい。

「……フェル？」

たどたどしい舌遣いになってしまった。

「そうだよ、アリス」

大きなクッションだから、彼女が上半身を預けながら頭を載せて横になっても、ずいぶん空きがある。そこにフェルナンの頭が載っていて、彼も横になっていた。向き合って互いの顔を眺めている状態だ。

アリスティナの背中側に外へ向かって突き出た屋根窓があるせいか、彼の髪の乱れた一筋二筋が浮き上がり、きらりと光って見えている。

——黒い髪。そういえば本にあったわね。どこかの国の言い回しに〈カラスの濡《ぬ》れ羽色《ばいろ》〉とかいうの。でも、濡《ぬ》れると重い感じがするから、フェルの場合は違うかも。サラサラだもの。クッションの上に髪が散らばって、乱れた感じもステキ。

意地もてらいもないその場で感じた本心だ。取りとめもなく、思考が流れる。

するとフェルナンもため息と共に言い始める。

「こんなに美しい瞳をどうして隠す。これほど魅惑的だったなんて、驚きだ。……大きくて、透き通っていて、吸い込まれてしまいそうだ……」

彼の手がすっと伸びて、アリスティナの額に掛かっていた前髪を避ける。前髪は長いので、額から退けられると素直に横下へ流れた。これですっかり目元が外に出てしまう。

「エメラルドの瞳……。上の方が濃くて下の方が薄く見える。グラデーションだな。角度によって青が濃く見えるよ。深い輝きを秘めた魔性の色だ。……今は眠そうだけどね。こんなふうだったなんて。眼鏡をしていても、生きる力に溢れているのは隠せなかったな」

とうとうと語る彼の声が気持ちよかったので、またうとうとし始めるのを、警戒音が鳴ったかのようにしてはっと意識を戻す。

「え？　フェル？　わたし眠っていたのね。え、と、眼鏡がないっ！」

ぐわっと上半身を起こして周囲を見渡すが、ない。

「ここだ」

同じく身を起こしたフェルナンの手に彼女の眼鏡があった。アリスティナは、隠そうとして慌てて両手を顔のところまで上げるが、右手を彼の手で掴まれたので、片手分しか実行されなかった。フェルナンの両手は、眼鏡と彼女の右手首をそれぞれ掴んだ状態だ。

「もう隠す必要はないよ。見てしまったんだから」

「返して」

「なぜ隠すんだ。これほど魅力的な瞳を僕は見たことがない。理由は？　話してくれないか、アリス。知りたいんだ」

真剣に見つめられて、顔のところまで上げていたアリスティナの片手──左手──は力なく膝の上へ落ちる。これで顔はすっかり晒してしまうことになり、彼女は俯《うつむ》いた。

知りたいとフェルナンは言った。それはアリスティナが彼のことを知りたいと思うのと同じ気持ちからだろうか。

──どうしよう……。

すぐには答えられない。アリスティナは、下を向いたまま小さな声でもう一度言う。

「お願い。返して」

「話してくれないなら、眼鏡は返さない。理由を聞かせてくれ。でないと、これは握り潰す」

「フェルっ」

彼女の右手首はフェルナンが握っているから、逃げることもかなわない。

眼鏡はまだ必要だ。返してほしくてアリスティナは仕方なく話し始める。

「母さまの遺言なの。《美しさは隠すように》って。あ、でも、わたしは自分が美しいかどうかなんて知らないのよ」

「美しいよ。なぜ、おまえの母はそんなことを言ったんだ」

「姉さまが、自分より美しい者の存在を許せない人だからよ。姉さまと兄さまは同じ母親で、わたしは、母親違いの妹なの。兄さまは姉さまの言いなりで、二人は──」

あの異様な状態をどう言えば分かってもらえるだろうか。

「なにがあった。具体的な出来事でいい。聞いているから、断片だけでも話してくれ」

紺碧《こんぺき》の瞳に揺らぎはない。冴《さ》えた感触はあっても、アリスティナに向けられるまなざしに冷たさは感じられなかった。

どのみちもう見られてしまったのだ。何があったのかと聞いてもらえるなら、話すしかない。彼女のことを知りたいと望むからこそ聞いてくれるのだから。

アリスティナはぽつりぽつりと語り始める。

たくさんのことがあった。もっとも彼女を打ちのめしたのは、亡くなって一か月もしないうちに母親の持ち物を奪われてしまったことと、ほんの半年前、社交界デビューの前の日の出来事だ。アリスティナは、今年の春にデビュタントを予定されていた。

「半年前のデビューの前日に……」

フェルナンは黙って聞いている。


夏に向かって新緑がめきめきと枝を伸ばし始めるころ、翌日の宮廷舞踏会で社交界デビューを予定されているアリスティナは、その日、最後の点検のために白いドレスを身につけていた。目の前の鏡に映った自分の姿をじぃっと眺めてから、軽やかに振り返る。

「どうかしら。おかしくない？　ドレスは母さまのだから型としては古いけど……。正式なドレスアップってしたことないから、これでいいのかどうか分からないのよね」

「何度も申し上げましたが、デビュタントで纏《まと》うドレスは、純白であることが最も重要であると聞いています。確かに形は古いかもしれませんが、由緒あるものとして着てゆかれればいいのではありませんか？　よくお似合いです、お嬢様」

ニコリと笑って答えるのは、侍女のメイだ。

「ティアラは母さまので首飾りもそうならイヤリングもだわ。自分のものって一つもないのね、わたし」

笑いながら言えば、メイは少しだけ哀《かな》しそうに眉を顰《ひそ》めた。それを見て取ったアリスティナは慌てて付け加える。

「メイが隠しておいてくれたから、今助かっているのよ。ありがと、メイ」

木の〈うろ〉に隠したのは本当に大した手際だったと、何年過ぎても感心する。

「お嬢様。明日は朝早くに起きませんと。髪の染料を落として、前髪を少し切りましょう。眼鏡も外してくださいね」

「そうね」

前へ向き直ったアリスティナは、鏡に映る自分の姿を再び眺める。

ほっそりとした肢体は、家族で一緒の晩餐《ばんさん》ではどんな料理も美味《おい》しくないので、あまり食べられなかったからとも言える。食べなくては体力が持たないから無理をして喉を通してきた。そんな状態で肉付きがよくなるわけもない。

胸の大きさは標準だと思うが、同じ年頃の貴族令嬢に逢《あ》ったことがないから、比較はできない。大きめのメイに、追いついてきているのではないかと少し期待している。

髪色は、赤の強い褐色だ。キャリーが笑って《汚い色ね》と指していたから、まさか染めているとは思ってもいないだろう。丸い縁をした眼鏡は可愛げがなく、道化のようでもあるので、キャリーを刺激することはなかった。

だから、身体に対する乱暴にはまだ至っていないのだ。母親の遺言は正しかった。

『美しさを隠しなさい。特に瞳を。あなたの大きな眼《まなこ》は、きっとたくさんの人を魅了するわ。だから、この屋敷を出るときまで、決して瞳を覗《のぞ》きこまれないように。アリスティナ。いつかきっと、本当の姿で向き合える人と出逢えるわ。それまで、自分を隠すのよ』

たった十歳の娘を、他者の言葉で揺れ動きやすい父親と、前妻の気性の荒い娘と気弱な息子のいる家においてゆくのは、どれほど心残りだったことか。

遺言は、メイも一緒に聞いていた。メイはすぐに理解して眼鏡と染料を手に入れてきた。最初は、病気で視力が落ち、髪の色が濃くなったと説明されていたらしい。そのときはわけが分からなかったアリスティナも、否応《いやおう》なくその意味に気付くことになった。母親がいなくなった途端、アリスティナに対するキャリーの態度が激化したからだ。

鏡の中の自分を見つめながら、彼女はそっと眼鏡を外す。

顔をふいっと振って、目に掛かる前髪を払うと、下辺は薄く上辺は濃く見えるエメラルドの瞳が、こちらを睨むようにして見ていた。

「母さまは美しさを隠せと言ったけど、美しいのかどうか自信がないわ。染料を落として歩いたことないし、眼鏡を取って人の顔を見たことないんだもの」

「お美しいですよ。私が保証します」

きっぱりと言い切ったメイの様子に、アリスティナは不安を押し隠して微笑む。

「ちゃんとしたダンスの教えも受けていないし、口調もきっと普通の令嬢よりがさつなのよ。歩き方も会釈も、優雅さなんて多分欠片《かけら》もないわ。知識だって、図書室で本をたくさん読んだけど、手当たり次第だったからすごく偏っているんじゃないかしら」

メイは黙って聞いている。アリスティナが自分で答えを見つけられるようにと、そっとしておいてくれるメイは本当の姉のようだ。

しかし、いかにしっかり者のメイでも、自分が知らない知識をアリスティナに教えることはできない。分からないことは多かった。

「宮廷儀礼だって本で見ただけよ。実地では何もできていないわ。——でも、どうにかして、デビューを成功させて結婚相手を見つけなくちゃね」

鏡に向かって微笑《ほほえ》んでみる。どこか引《ひ》き攣《つ》ったような感じだが、それでもやり遂げよう。

十代の自分を連れて屋敷を出ていくことを、同じ十代だったメイはずっと考えていたが、それではだめだと思う。そこまでメイに背負わせられないし、実際のところ無理だ。

隠れて他の仕事を探していたメイは、紹介状がないのではまともな職にありつけないと肩を落としていた。紹介状はアルデモンド伯爵である父親に頼むしかないが、アリスティナも一緒に屋敷を出てゆくのが予想されるから頷《うなず》くはずもない。

本当の娘だと思っていなくても、アリスティナが外で何か問題を起こすと、アルデモンド伯爵家の恥だと考える父親だ。

だからデビューまでと思って耐えてきた。できる限り条件のいい結婚相手を見つけて伯爵家から出るために。メイも一緒に出るために。メイをアリスティナから解放するために、明日はできる限りのことをしようと決心を新たにする。

そんなアリスティナにメイは苦笑を隠せないようだ。

「焦ることはありません。お嬢様はまだ十六歳でいらっしゃいます。来年もありますよ。優しい方をお探しになられませ。相手を間違えると、一生の悔いになります」

「母さまのようにね。分かっているわ、メイ」

手に持った眼鏡をくっと握り締める。アリスティナは、鏡の中で彼女を見ているメイに笑って見せた。――と、そこで、廊下を歩いてくる靴の音がふっと耳を掠《かす》める。

「あ……」

男性の皮靴の音と、もう一つは女性靴の踵《かかと》の音だ。

アリスティナは急いで眼鏡をかけ直し、前髪をパパッと目に掛かるように垂れさせる。メイが顔を上げて扉の方を振り返ると、ノックもなしにそれが開けられた。

「あーら、明日の練習？　まぁ、古い型のドレスなのねぇ」

甲高い声で嘲笑《あざわら》いと共に言われる。アリスティナが振り返れば、派手なドレスに身を包んだキャリーが近づいてくるところだった。後ろにいるのは、気弱な兄バージルだ。姉を止めることもできず、俯きながら現れるくらいなら、一緒に来なくてもいいのにと思う。

バージルが手に持っているのがワインの瓶とグラスだと分かると、アリスティナは眉を寄せる。もっとも、その様子は、前髪と眼鏡でキャリーには分からない。

「姉さま。何かご用ですか」

「明日は社交界にデビューでしょ。だからお祝いにね。ワインで乾杯しましょう」

「キャリー様、それはあちらで……」

「お黙り。まったく侍女に大きな顔をさせてはだめだって言われているでしょう、アリスティナ。メイは、安い給金でなんでもするからお父様がここにいるのを許していらっしゃるだけよ。もう少し自覚なさい。分かった？」

「はい。差し出がましいことを言いまして、申し訳ありません」

メイは深々と頭を下げ、部屋の隅へ下がる。アリスティナはぐぐっと奥歯を噛《か》み締《し》めた。ここで何か言っては、ますますメイを困らせることになるから黙るしかない。

安い給金でこき使っているとアリスティナが知ったのはつい最近だ。そのときは、直接言っても笑ってはぐらかされると分かっていたから、ベッドの中で何度もメイに謝った。メイはアリスティナのためにこの屋敷にいてくれる。

「姉さま。乾杯は明日が終わってからでいいでしょ。それとも、今夜のディナーのときで」

口角だけを上げて微笑んだと見せかける。キャリーは、アリスティナの言葉など全く耳に入れずに後ろを振り返って、バージルが持っていたグラスを一つ手に取ると、こぽこぽとワインを注いだ。

赤い、血の色のワインだ。嫌な感じがした。

アリスティナは後ろに下がろうとしたが間に合わなかった。キャリーはアリスティナのドレスの裾へ向かって、グラスを投げつけたのだ。

カシャーン……！

小気味のいい音が響き、赤い液体が飛び散る。

「まぁ、落としてしまったわ」

純白のドレスは、豊かな裾が赤く汚れた。唖然《あぜん》としたのはメイもアリスティナも同じだ。

「ごめんなさいね。あぁ、でも、これで明日は出掛けられなくなってしまったわね。王宮へは欠席のお知らせを私から出しておくわ。失礼なことになっては、私たちも迷惑だ……」

「姉さまっ！」

アリスティナは、すさまじい形相で鏡の横にあった花瓶を両手で掴むと、姉と、視線をあらぬ方へ向けて立っている兄へ、思い切りぶちまけた。

「きゃぁっ、なにするのっ！」

「うわっ」

活《い》けてあったのは庭の花だ。薄暗い部屋には明るいものがほしいと、庭から内緒で摘んできたものだった。

放り投げたために大層な音をたてて花瓶が割れ、その欠片や花々が床に散らばる。ワイングラスの欠片もだ。

「姉さま。ベケット家にはいつ帰るの？　誰も迎えに来ないのね」

「アリスティナっ！　よくもそんなことを……っ！」

その場は大変な騒ぎになった。半泣きで姉と兄を蹴とばしたアリスティナは確かに淑女としての教育が足らない。けれど、彼女には怒るべきれっきとした理由があった。それでも父親はアリスティナだけに謝らせたのだ。

しおらしく泣いたふりをしているキャリーに頭を下げながらアリスティナが考えていたのは、これで結婚相手を探すのが一年遅れるということだった。しかもドレスがない。ワインの染みは、どういう手段でも取れるものではなく、純白のドレスはなくなってしまった。

父親の執務室に残されたアリスティナは、一対一ならと深々と頭を下げる。

「父さま。仰《おっしゃ》るとおりに姉さまに謝りました。だから、白いドレスをください」

「おまえの心掛け次第だ。今年はもう諦めて、来年のシーズンだな。そのときまで、何の騒ぎも起こさなかったら考えよう」

冷たく言い放った父親は、彼女が部屋から出れば、白いドレスのことなど頭から締め出してしまうだろう。来年のシーズンまでの一年が過ぎる間に、姉の嫌がらせはもっとひどくなるに違いない。

（――なんとかしないと）

普段のドレスでさえ、母親のものがほとんどだ。これ以上、アリスティナのために何かをすることなど、父親は考えもしない。

絶望と共に父親の執務室を出て自分の部屋へ戻った。北側にある薄暗いアリスティナの私室では、メイがきゅうと唇を引き結んで掃除をしていた。それにアリスティナも加わる。

「お嬢様。ここは私が」

「いいのよ。もう……」

その夜。ベッドの中で唇を噛み締めながら、先のことを考える。涙が零《こぼ》れないようにするのが精いっぱいだ。メイは夜に割り当てられた仕事についている。早くここから出ていかないと、メイもいつか倒れてしまうかもしれない。

泣いているだけでは何もかも失くしてしまうというのは、過去の出来事が示している。かといって、他の手段など、彼女には見つけられない。

今回の騒ぎで、隠しておいたティアラも首飾りもイヤリングも姉に持っていかれた。子爵家の家宝以外、その場で出していたもの全部だ。《私が預かります》というキャリーの言い分を、父親は丸々信じた。もうアリスティナの手には戻らない。ドレスばかりでなく、デビュタントに必要なものは何もかも失われた。

来年のデビューはもう無理だ。ドレスなどを用意してもらったとしても、キャリーが邪魔をするのは目に見えている。

キャリーは、万が一にも自分よりいい家にアリスティナが嫁ぐことがあれば、絶対に我慢できない己を知っている。だから、その芽をつぶそうとする。

折れそうなほどの細い腰と、豊かに膨らんだ胸元、目に眩《まぶ》しく映るブロンドを誇らしげに揺らすキャリーは、その場の賛辞がすべて自分のものでなければ気がすまない。どれほどのものを得ても満足しない。自分よりいいものを人が持っていると何が何でも欲しいと考える。強奪すると興味を失くしてポイ捨てだ。

足ることを知らない。それは本人にとって幸福なこととはとても思えないが、キャリーにしてみれば大きなお世話だろう。

その年のシーズンが瞬く間に過ぎてゆく。キャリーは遊ぶのが忙しくてあまりアリスティナに構っていられなかった。それがせめてもの救いだ。

「縁談……わたしに？」

そうして、父親の執務室で究極の選択を迫られたアリスティナは選んだのだ。

フェルナン・フォン・ブローデル伯爵を。

「……そのとき来ていた縁談は二つで、一つがフェル、一つが三十歳年上の侯爵様だったの」

この際だから話してしまえとアリスティナは続ける。

「ごめんなさい。年齢だけでフェルを選んだわ。若い人がいいって言って」

じっと聞いていたフェルナンは、そこでやっと口を開いた。

「僕は、一番上の紙を選んだ。似たようなことをやっているな、僕たちは」

以前、彼女が感じた通りのことを言って笑う。それから深く息を吐いて続けた。

「そういうことが繰り返される毎日か……。たくさん泣いた？」

「もうずっと泣いてなんていないわ。泣いているだけでは何も変わらないもの。前へ向かって歩くの。障害物なんて自分の手で払うしかないでしょ。いつまでもメイに頼っていちゃいけないし。……しっかりしないとね」

それだけ言って、フェルナンへ笑い顔を向ける。すると、いつものぴしっとした感じが揺れて、彼は上体を少し引いた。彼女を見つめながらだったので、自分に原因があると気付く。

――眼鏡、していないんだった。

度数がないから取っているのを忘れるときがある。いつもはメイが注意してくれていた。

――やっぱり、変なのかな。

上体を引かれるとそんなふうに思える。胸の内で、あぁ、やはり……とがっくりした。

フェルナンは彼女からまったく視線を外さずに、しみじみと言葉を添える。

「アリスは、強いな」

「……強かったらいいけど、難しい。意地を張っているだけよ。さぁ、話したわ。その眼鏡はわたしの鎧《よろい》なのよ。自分を隠す鎧。返して」

手を出す。すると、彼は持っていた眼鏡を自分の後ろに隠し置いてから、差し出したアリスティナの手も握ってしまった。これで両手を取られたことになる。

「なに？」

すっと横に引っ張られて、身体が傾《かし》いだ。声を上げる前に、その場に倒される。

床には折り重なった絨毯《じゅうたん》だ。くたくたと不規則に長く折られた絨毯は、伯爵家で使用されていたもの、あるいは使用予定の物といった具合で、破棄されるほどの痛みはない。だから柔らかく厚みもあった。重なっていた部分が少々崩れているので、広い場ができている。

アリスティナが楽しく運んできた幾つもの大判クッションもある。いきなり倒されても、ベッドで横になった程度の振動だ。

それよりも、こういう動きの方が不思議で、彼女は自分の肢体に覆い被さってきたフェルナンを見上げるばかりだ。

「フェル……どうしたの？　あ、もしかして、もっとよく見ようとしているの？」

屋根窓は彼女の後ろにあったから、彼に向けていた顔は陰になっていた。仰向《あおむ》けに倒されて、光が眩しい。

「わたしの顔、そんなに変？」

フェルナンは呆《あき》れたように首を横に振る。

「造形が良い美しい顔だよ。元々、唇はふっくらとして赤いサクランボのようだった。そこに、魅惑的な瞳が加わったんだ。分からないかい？　アリスの瞼《まぶた》が揺れて、開かれていったとき。その瞳が現れたとき、僕がどれほどの衝撃を受けたか。ものすごく綺麗で、澄んだ湖のような深い感じだった。吸い込まれそうで……」

長々と言い募ったフェルナンは、憤慨した様子で付け加える。

「たまらないな。だから、我慢できなくなってしまった」

「我慢……何を？」

「《飢えていないから震えるウサギは食わない》と言った。でも、僕は飢えてきているんだ、アリスに——。その瞳に心臓を鷲掴《わしづか》みにされた気分だよ」

唇に合わさってきたのはフェルナンのそれだ。弾力性のある唇は、アリスティナが驚きで目を見張るのも構わず、みるみる合わせを深くした。

「ん……っ、ん……っ」

躰《からだ》の上にしっかり乗られて、クッションを沈ませながら仰向けに埋まる。眼鏡は取っても髪の染料はそのままだ。三つ編みにしているのもそのままなので、髪がもつれるほど乱れるようなことはない。ただ、前髪はすっかり頭の上方、あるいは頬の横下へ流れた。

唇の角度が変わっても、放されない。アリスティナはすっかり息苦しくなって、彼の上着の両横裾を両手でぎゅうぎゅうと握る。引っ張ってもみるが、フェルナンは放してくれない。

「んぁ、あ、あ……っ、ん——」

ついには苦しくなって口を開ける。すると彼の唇は、それを待っていたと言わんばかりに、がつりと食ってきた。

食われたと勘違いしそうなほど、激しく唇が合わさったのだ。呼吸ができたのは、ほんの一瞬だった。彼の舌が出される。口内に入ってくる。まるで別の生き物のようだ。

「は……」

顎が上がってきた。苦しい。アリスティナは、間近にあるフェルナンの顔を見ていられなくて、ぎゅうと瞼を下ろす。眉をきゅうきゅうと寄せて耐えた。上着を握った手の先が痺《しび》れるほどになってようやく、彼の唇が浮いて離れる。

はぁはぁと激しく呼吸する。しっかり閉じていた眼を細く開けると、すぐ近くに漆黒の瞳があって、アリスティナはひどく驚く。彼もまた、早い呼吸を繰り返していた。

貪《むさぼ》られた。フェルナン自身も息を詰めて弄《まさぐ》るのに夢中になるほど、それは一気に襲ってきた。それ——男の情動が。

空気が足りなかったために、ぐったりして動けない。そんな彼女を見下ろしながら、フェルナンは見せつけるようにして上着を脱ぐ。ぽいと放った。次はタイ、そして腰ベルトと、どんどん脱いでゆく。白いドレスシャツをしゅるりと脱げば、ズボンだけが残った。

男の裸の胸など見たこともないので、アリスティナは真っ赤になって顔を手で覆う。それがいかに無防備な所作であるのか、本人には分からない。

フェルナンは、手を伸ばして彼女のドレスに触れると、今度はそれを脱がしてゆく。貴族の女性のドレスは一人では着られないし、一人では脱げない。侍女がつきっきりで整えてくれるものだというのに、フェルナンは戸惑いもせずに脱がせられるようだ。

あまりに急激な動きについていけなくて、アリスティナは呆然《ぼうぜん》としてなされるがままだ。

躰をふわりふわりと動かされ、背中側を上にされて、そこにあるホックをすべて外される。横にあるボタンを取られリボンを解かれる。上向きにされ、顔を隠していた両手をぐいっと両側へ広げられたかと思うと、大量の布は袖から腕を抜かれて一気に彼女から離れて行った。

「いやっ」

薄い布しかない胸を両手で隠す。コルセットは胸を押し上げる形なので、胸を覆うものはキャミソールだけなのだ。透けて見えてしまう。

下半身にはまだドロワーズがある。かといって羞恥を消せるわけもなく、アリスティナは体を横に向けて縮こまろうとした。

体が動けば、下に敷くことになったのはクッションの上に放置された自分のドレスだ。

フェルナンは、消え入りそうに小さく丸まろうとしてゆくのを許さず、再びアリスティナを両手でぐいと上向きにさせると、ぎゅっと目を閉じている彼女の耳元で囁《ささや》いた。

「……鼻で息をして。今度はゆっくりするから」

「ゆ、っくり……なにをするの？」

「分からない？　口付けて、そのあとのこともしたい。アリス、本当に、分からないかい？夫婦ですることだよ」

はっとして表情を引き締めれば、フェルナンは耳元でくつりと笑う。

「そうだ、結合だ。僕が言うなら《抱いてしまう》ということになるけど」

驚きと、怖さと、しかしそれだけではない。どこか甘い痺れもある。

「もう、――震えない？」

初夜のときの会話に繋がっている。

『アリスがもう少し震えなくなったら、今夜の続きをするよ』

夫婦の契りなら、まさにあのときの続きだ。

（でも……っ、ベッドの上じゃないわ。それにまだ昼間よ）

もうすぐお茶の時間だ。誰かが捜しに来たらどうすればいいのだろう。

（……でも、フェルが望んでくれるなら――）

迷う。けれど、とうに結婚しているのに何を迷う必要があるのかと、自分で己の背を押して、アリスティナは密《ひそ》やかに頷いた。

赤く頬を染めて、あらぬ方向へ視線を流し、微《かす》かな動きでしかなかったけれど、彼にはそれだけで十分だったようだ。彼女の耳元から顔を上げたフェルナンは、目を細めてひどく嬉しそうに口元を綻ばせる。

（嬉しそう……わたしも、なんだか嬉しい）

怖いという気持ちはあるが、フェルナンの優しさが肌越しにも伝わって来るから不思議なほど《もっと》と思う。具体的なことは何も知らなくても《もっと、近くで感じたい》と、フェルナンに寄り添うことをアリスティナは望んでいた。

再び苦しいような口付けが始まる。苦しくなるのを避けようと口を少し開いたら、緩んだ唇をこじ開けて潜ってきた彼の舌が、歯の裏から口蓋を隈《くま》なく愛撫《あいぶ》してゆく。

（鼻……で、く、空気を……）

何とか息を吸い込む。吐くときも鼻だ。

口付けの経験は、結婚式のときの誓いのキスと初夜のキスだけだ。どちらも相手はフェルナンで、触れる程度だった。今は、舌が追いかけてきて彼女の舌を絡め取ろうとする。

意志を持って動く軟体動物のような彼の舌は、口端からくちゅりと音まで零して愛戯の限りを尽くしてゆく。意識がくらり……と酩酊《めいてい》した。

「ん……っ、んぅ……」

かぁっと熱せられるような頭の中だ。鼻で息をするのに気を取られ、背中へ回ったフェルナンの手が、胸を両腕で囲っている彼女を抱き寄せるのと同時に、背中で結ばれているコルセットの紐を解いてゆくのにアリスティナは気が付かない。

唇が離され、深く弄られたために口がホワンと開いてしまうのをなんとか閉じようとしているうちに、するっと離れていったのはコルセットだ。

「あっ」

腕の力も抜けていた。フェルナンは彼女の両手首をそれぞれ掴んで、ぐいと彼女の躰の両側へ広げる。上半身はクッションの加減で起き気味になっているので、顔を伏せれば自分の胸元も見えてしまう。

はぁはぁと早い息の通りに、胸が上下していた。ふるんと全体が揺れて、乳首がぴんと立っているのが見える。とても卑猥《ひわい》だ。

フェルナンの視線が首筋から胸へと這《は》ってゆく。アリスティナの顔はどんどん上気した。

「全部、脱がしてしまうよ」

深い声音だ。アリスティナは目をぎゅうと閉じて、再度わずかに頷いた。

（夫……なのだから）

それ以上に、相手はフェルナンだからと、自分を明け渡してゆく。

薄いキャミソールを取られ、ドロワーズも脱がされ、素っ裸になる。フェルナンがズボンを脱ぎかけると、とても見ていられなくて急いで瞼を下ろした。彼はそんなアリスティナを眺めてまた喉の奥で笑う。フェルナンの吐息が楽しげに踊るのを肌が捉える。

「こんなに明るい。見られるときに見ておいたら？　男の裸なんて初めてだろうに」

「だって……っ、恥ずかしいんだもん……っ」

「僕はしっかり見るよ。……隅々までね。触れたいし」

閨《ねや》の知識も応える術もほとんど知らないアリスティナは、ただ受け入れるだけだ。

両手で乳房を包まれ、ぐっと握られてひくんっと肩を上げても、彼女自身は、自分の両手を躰の両側に落として柔らかなクッションを握るだけだ。ひたすら羞恥を耐える。

それしかできないからだが、そこにはフェルナンの望みのままにという姿勢が滲《にじ》み出《で》ていて、彼は心底愛《いと》おしげに彼女を見た。……が、残念なことに、アリスティナはぎゅうと目を閉じていたので分からない。

乳房を下から押し上げながら大きく揉《も》んだフェルナンは、右の突起を口に含む。

「――っ……ふっ、ん――っ」

ぞくぞくとした得も言われぬ感覚が、唇で挟まれた乳首から全身へ波及してゆく。アリスティナは、息をつめてその感覚を我慢しようとするが、抵抗しきれず通常ではない状態になってゆく己を、驚愕《きょうがく》をもって振り返る。

「あ、あん……、な、なにか、変――っ、んぅ……」

「感じるんだよ。言葉の意味は、分かる？」

頷《うなず》く。けれど、意味は本で読んだから大体分かっても、実地で知ることはなかったので初めての感覚だ。奇妙でおかしな感覚に意識が攫《さら》われ、唇を閉じることができない。

「あ、あぁ……っ、いやぁ、ん――」

未知の感覚を避けたくて胸を動かしたいのに、上に乗っているフェルナンの躰がそれを許さない。しかも、乳房は掴まれていて、そこに彼の頭があるから、背を反らせば彼の唇へと押し付けることになる。フェルナンは満足気に乳首を舐めてずっと吸った。

「あ、……あぁ……っ」

唇を噛んでも、空気を漏らしながら変な声が立て続けに出る。

「我慢しなくていい。感じたまま、啼《な》いて、アリス」

胸のところで息遣いを感じる。そうして、もう一方の乳首もまた、口で愛撫されてゆく。舌で転がされ吸われると、快感がひっきりなしに走って、息を呑《の》んでは吐くを繰り返してしまう。揺らされて握られる乳房も、その刺激を喜んで、彼女に〈快感〉を教えた。

裸の自分に乗っているフェルナンの肉体の硬さが女性体との違いを実感させるが、アリスティナをなにより恐慌に誘うのは、腿《もも》辺りを掠《かす》める男の異物だった。

男性のどこが女性と繋がるのか、知識として多少は――ほんのわずかだったが――知っているとしても、こういう肉感的な状態は知らない。ぬるりぬるりと太腿《ふともも》を滑って接触しているものは、一体なにがどうなるとこういうふうになるのか。

どくんどくんと心臓は駆け足になる。フェルナンは乳房を揉んでいた手を、少しずつ下げていった。彼の身体もアリスティナの上半身から下半身へと移動してゆく。それに伴って、時折肌を吸い上げる唇もまた、胸下から腹の辺りを丁寧に辿《たど》った。

フェルナンの唇で吸われ、きゅっと引っ張られる肌の感覚もまた、快感として身に返る。

そして足に掛かった彼の手が、必死に閉じていたそれを開こうとする。

「アリス。足を開きたい。無理やりしたくないんだ。力を、抜いてくれ」

「う、うん」

このごろようやく《はい》が身についてきた。けれど今は、足に掛かった手とそれを開くという状況で脳内がいっぱいになってしまい、うすれた意識のうしろで幼い様子で頷く。

深く息を吐いたり吸ったりしているフェルナンは、何かを耐えているようだった。ひどくしないために、自分を抑えているということだろうか。

何とか両脚から力を抜く。それが精いっぱいだ。すると彼の手で足が開かれてゆく。

「アリス……」

優しい声。深く響くフェルナンの声が大好きだ。けれどそれが足の間から聞こえると、羞恥は爆《は》ぜてしまいそうなほど膨らむ。

「……綺麗《きれい》だ」

内股にキスをされる。それはつまり、その奥も見えているということだ。

くわぁぁ……と、熱が身体中を走ってゆく。特に顔だ。発熱したのではと錯覚しそうなほど、頬も額も首も熱くて、アリスティナは、顔を心なしか横に向けると、両手を上げて緩く交差させながら隠す。けれど、躰はフェルナンの前にすっかり開いていた。

下生えを撫《な》でられ、彼の唇も手も、足の付け根まで移動した。足が震えるのを抑えようとする。震えるとフェルナンは止めてしまうと思ったからだ。

「本当に、誰も入っていない雪原だな……。閉じきっている門は、こじ開けるしかない。ごめん、アリス」

「……え？」

意味を解することはできなかった。不意に、ぬるりとしたものが陰部を滑ってゆき、アリスティナはぎくんっと躰を慄《おのの》かせる。

細く目を開け、頭を少し上げて自分の下肢を見れば、大きく開いて膝を少し立てた自分の足と、その間に顔を埋めたフェルナンの黒い頭髪が揺れていた。

「あ、え、……っ、フェルっ、やめて、やめて、汚い……っ」

「汚い？　あるか、そんなこと。……感じて、アリス。門を開けてくれ」

足を閉じようとしても、間にはフェルナンの躰がある。それに内股を撫でる彼の手で、そういった動きは許されなかった。さほど強い力で押さえつけられていなくても、足には力が入らず、自分の意識としても拒絶をするつもりはない。

「あぁ……っ、ひっく……んっ、んっ」

肉割れをくっと開けて、舌がゆるゆると潜る。淫芽を探り当て、そこを舐《ねぶ》られると、すさまじい感覚が体中を席巻《せっけん》した。感じるというならその通りだ。ただ、それがこういう感覚であると、想像だけで一体誰に分かるだろう。

「あぁ……んあ、あんっ……ひぁぁ――……っ、いやぁぁ、そんな……っ」

唇を噛んでまで外へ漏れるのを防ごうとしているのに、ひっきりなしに喘《あえ》ぎが零れてゆく。

「濡れてきた……たくさん出てくる」

何がたくさん――？　と聞くような気持ちの余裕はない。ただ襲ってくる快感に耐えてゆくばかりだが、すっと胎内に入ってきた針のようなものに、アリスティナは肉体を大きくびくつかせて悲鳴のような嬌声《きょうせい》をあげた。

「あぁ――……っ」

「狭いな。指一本なのに……」

彼の指が一本、奥の密室へ入ったのかと、耳がその言葉を捉えてかろうじて理解しても、アリスティナは身悶《みもだ》えるだけだ。

陰核は舌で蕩《とろ》けるほど愛撫を受けている。愛液を纏わりつかせて奥へ入ったり出たりする指からは、なにより異物感と圧迫感を感じ取った。

内部で愉悦を得ることがまだできないアリスティナの肉体は、舌が齎《もたら》す甘い快感と、奇怪な感触を持ってくる指の異物感でのたうちまわった。

やがて、花芽の快楽が勝って伸び上がる。

「フェル……あああ、あ、フェ――――……ル、だめぇ……っ」

顔を隠す役目を果たせなくなっていた両手は、顔の両横でクッションの布地を握りしめて身を捩《よじ》る助けをした。上半身が大きく蠢《うごめ》き、アリスティナは達してゆく。

びくびくと揺れる肉体は、長い余韻を伴って快感に濡れた。けれど愛撫は終わらない。

陰部を嬲《なぶ》りながら、その周囲へ吸い付いていたフェルナンが呟《つぶや》く。

「……何度でも達《い》って、アリス。少しは躰が柔らかくならないと、こんなに狭くては、きっとおまえがつらいから……。だけど、我慢するのもきついな……」

意味を理解できないまま、アリスティナはフェルナンの希望通りに何度も達した。

下肢はぐっしょり濡れている。水音が耳に入れば、羞恥で身体中が燃えるように熱くなる。

胎内に潜っている指は数を増やしているようだ。慣れてゆくのか、拡《ひろ》げられる感触と共に、次第に異物感が薄くなってくる。逆に、彼女の肉体は熱を溜《た》めていった。

ぐったりして声も枯れるころ、すぅっと躰を離したフェルナンは、アリスティナの両膝を開き気味にしてぐっと曲げると、彼女の胸に付くほどにする。アリスティナの臀部《でんぶ》は彼に向かってそこだけ突き出ているような状態だ。

少し伸び上がってアリスティナの顔を覗《のぞ》き込《こ》んだフェルナンは、少しつらそうに言う。

「挿れるよ……。痛いかもしれないけど、耐えてほしい。これで本当の夫と妻だ」

「……んっ、んっ」

眼鏡で隠されていない瞳は、快感で濡れた深緑色だ。泣かないと決めている彼女の自覚しない滴《しずく》が、今にも目尻から溢れそうだった。

声にもならないような返事を返して、こくこくと頷くのみだ。フェルナンは目を眇《すが》めて上から食い入るように彼女を見つめ、それからゆっくり挿入してきた。

「ううう……あぁっ……」

「……アリス……、力を抜いて、アリス……」

痛みは確かにあるが、想像していた以上のものではない。むしろ瀕死《ひんし》に至るような激痛を予想していたアリスティナにとって、耐えられるというだけで許容範囲内だ。硬い異物感と、ぐいぐいと入ってくる挿入感に彼女のすべてが呑まれてゆく。

「うぐ……っ、ん――……っ、あ、あっ」

「ア、リス……っ」

呻《うめ》いて耐えるようでありながら、高揚感を滲《にじ》ませるフェルナンの声にも背筋が震えた。

――躰から、力を抜く……力を――フェル……っ。

「んっ、……あぁあっ」

体中で彼を受けとめている。深く犯されて、頭の中はもう真っ白だ。両手を上げてフェルナンを捜せば、手首を握られて掌《てのひら》にキスをされた。そのあとで彼の首の後ろへと誘導されたので、そのまま両腕を回して縋《すが》り付《つ》く。

膝は開いて胸の近くまで折り込まれている。下肢は拡げられ、彼の一物を迎え入れていた。

まるで、フェルナンの男根で下に敷くドレスに縫いとめられてでもいるようだ。

覆《おお》いかぶさるフェルナンの首に腕を回して思い切り縋《すが》っているから、本当に彼の腕と楔《くさび》で繋がったようになった。ぴったりと、くっついている。

「ん――……んんっ、はっ……はっ……」

胎内へ深く彼の肉塊によって、苦しくもあり安心するようでもあり、奇妙で息苦しい感触で意識が霞《かす》んだ。感覚ではっきり捉えられるのは、内部で動くフェルナンの一物だ。

ゆるりゆるりと蜜壺の襞《ひだ》を擦りながら奥へ入った雄は、再びゆるりと引いてゆく。ある程度のところで再度、挿入が始まりぐりぐりと内部を擦《こす》った。

「あ、あ、あ……っ、あっくぅ――……」

快感とかそういった感触は、アリスティナにはまだ少しも感じられず、ただただ、胎内を突いてくる男根に翻弄されるのみだ。圧迫感とその動きで息も絶え絶えになるばかりで、痛みよりも、時間を掛けてアリスティナのすべてを持ってゆこうとするその動きに、饗《きょう》された肉体がひたすら喘いでいた。

「あぁ、あっ、あっ、……っ、っくぅ――……」

「濡れて、締まる……。いい、すごく好《い》いよ、アリス……もっと動いても――？」

何を言われているのかはっきりしないが、フェルナンが望むならと頷く。

すると男根の動きが速くなり、彼女はさらに早い息遣いになる。苦しいほどの突き上げを受けて、脳内も肉体も熱で茹《ゆ》でられてゆく感じだ。

フェルナンの手が、アリスティナの陰核を捉《つか》まえて激しく弄《いじ》れば、彼女は無意識に内部を締め付けながら達してゆく。快感は内壁よりも淫靡《いんび》な突起で呼び起こされた。初めての彼女にはそうやってついてゆくのが精いっぱいだ。

「あん、あん、アァ――……ッ…、ひぁ……んっ……も、だめぇ……っ」

「アリス……もっと、もっとほしい――」

激しく蜜壺を蹂躙《じゅうりん》する雄の動きに、喘いで縋って必死についてゆきながら、指で擦られる肉の芽による快感で上り詰める。

「あぁ――…っ、――……っ……」

びくびくと躰が痙攣《けいれん》した。ぐんっと顎を上げ背を反らせて、アリスティナは達してゆく。

「……アリス……好きだ――」

呻くような声を漏らして、フェルナンも果てていった。精の飛沫《しぶき》が彼女の内部を叩《たた》く。

意味を掴めるほど意識は正気を保っていなかったが、優しく暖かな音韻だったので、それに引かれて頷く。額に汗を浮かべるフェルナンは、嬉しそうに笑った――と思う。

大好きなフェルナンの声。どんな暗闇の中でも、呼ばれればきっと彼だと分かる。

「あぁ……」

ひくんひくんと余韻の揺らめきの中でため息のような声が出た。薄く開いた目の前が真っ白になって、アリスティナはふぅ……っと意識を沈ませていった。

緩やかに目を開けると、小さな明かりだけで室内は薄暗かった。窓の外は真っ暗だから、どうやら夜になっている。

（……ベッドに寝ている？）

ブローデル伯爵邸へ来てまだ一か月ほどだ。それでも、アルデモンド屋敷にいたころよりずっと落ち着いていられる。周囲の様子が直前と違っていると感じても、飛び起きる必要はなく、アリスティナはベッドに横になったままで視線をあちらこちらへ巡らせた。

ベッドの天蓋は見慣れたものだった。自分の部屋、つまりは伯爵家の奥方の部屋だ。

（どうしたんだっけ……）

屋根裏部屋で意識を失くしていたのはわずかな時間だったはず。意識を戻せば、フェルナンはすでに上着を羽織り、ズボンを穿《は》いていた。シャツはなしだ。彼女を見つめるまなざしや身体の動きに、どこかけだるい艶《つや》を纏《まと》わせていて、アリスティナは目を瞬いてしまった。

彼が笑いながら差し出してくれた眼鏡を掛けて動き出すが、ドレスを着付けるところまではできず、身体に巻くだけで、おぼつかない足取りで狭い階段を下りた。

『着る必要はないよ。ドレスでおまえを包んで僕が抱いてゆく。腰がふらついているから危ない。ひどくしたつもりはなくても、やっぱり初めてだからかな』

『階段は、狭いから……』

実際に狭いので、一人で下りるしかなかったと思うが、身体を動かすのも、彼の顔をまともに見るのも、とても大きな羞恥を伴った。脚の間に異物感が残っている。

アリスティナの内部に放たれた精液は、フェルナンのシャツで拭き取られていた。シャツは着ないのかと聞いた彼女は、答えをもらって、もう一度意識を失くしてしまいたくなるような恥ずかしさに埋まった。

昼間で明るいのも、ここが自室ではなく屋根裏部屋であることも、いまさらながらにうろたえる。だからせめて自分の足で歩いて行きたかったのに、階段を下りきったところで、アリスティナはへなへなと床に蹲《うずくま》った。

『だから言ったろう？　さぁ、アリス。僕に掴まって』

体がふわりと浮いた。フェルナンに横抱きにされて運ばれてゆく。

彼の力に驚くと共に、この力があれば無理矢理にでもことに及ぶのは簡単で、初夜のときもはっきり覚えているのは、そこまでだ。暖かく優しく穏やかで、そういう空気にあまり馴染《なじ》みのないアリスティナは、運ばれている最中に彼の腕の中で眠ってしまった。

横抱きにされて恥ずかしがるアリスティナの頬に、フェルナンは何度もキスをした。

今も、優しさはやはり本物なのだと再認識する。

そうして、目が覚めてみれば自分の部屋にいて、夜だ。屋根裏部屋にいたときは昼間だったから、数時間は眠っていたことになる。

「お目覚めですか？　旦那様はもうディナーを召し上がられました。奥様は寝かせておいてくれと仰《おつしや》っていましたので、声をお掛けしませんでしたが、このままでは夕食を食べ損なってしまいます。何か召し上がりますか？」

涼やかな声に引き寄せられて廊下へ出る扉近くへ目をやれば、メイが大きなトレイに水差しとコップを載せて近づいてくるところだった。ノックをしたと思うが、聞こえなかったのだろう。その音で目が覚めたのかもしれない。

アリスティナはベッドの上で半身を起こした。淡いクリーム色の夜着を着ている。絹でできている夜着はしゅるしゅると肌の上を滑った。ゆったりとしたフリルのような袖があり、レースがふんだんにあしらわれている。

サイドテーブルの上に眼鏡がちょこんと置いてあり、メイはその隣にトレイを載せる。

「白湯《さゆ》はいかがですか？」

「飲むわ。ありがと、メイ」

こぽこぽと注がれて、七分目まで入ったコップを受け取る。両手で包んで持つと、仰向《あおむ》けになりながらコップを傾けてごくごくと飲む。喉が渇いていた。その上、少しひりひりする。

（喘いだりしたから？　声をたくさん出したっけ……）

頬がそこはかとなく熱くなってくる。

ふとコップを持って上げている自分の腕が視界に入り、袖のようなフリルが肩の方へしゅるりとずれて、そこに赤い痕があるのを見つけた。アリスティナの肌は元々とても白くて、場所によって血管が薄く透けて見える。そんな腕の内側に赤く鬱血したような痕が。

（……？　虫にでも刺された？　──……あっ！）

ぱぱっと腕を下ろし、コップをメイに返したアリスティナは、自分の胸元を見るために、ゆったりと大きく開いている夜着の首回りの前側に指を掛けてぐっと引っ張った。上から自分の乳房あたりを覗けば、そこにも薄いものや濃いものが点々とある。

（こ、これって、キスの痕？　《鬱血した痕》っていう、あれなの？　強く吸い上げるからできる……って……）

くわぁぁと顔が熱くなり、アリスティナは急いで羽毛の上掛けの中に潜った。

頭から鼻までちょこんと外に出した状態で、布団の端を両手の先で掴んだアリスティナは、ベッドの隣でコップを片づけているメイに聞く。

「メイ、あの、夜着を着せてくれたの、メイよね？」

「はい。私は奥様付きの侍女ですから。……お体もお湯で拭きましたよ」

悪戯《いたずら》っぽく笑ったメイは、アリスティナがどうして顔を赤くしているのかすぐに分かったようだ。続けて言う。

「よろしゅうございましたね。奥様」

ほぅ……っと、大きく息を吐いたメイの様子は、どう見ても安心したという、それだ。

結婚しながら、初夜のときにこういう状態にならなかったので、メイがどれほど心配していたのか、アリスティナはそこでようやく悟る。

（話してなかったんだわ。フェルが優しかったってこと。心配させてごめんね、メイ）

ベッド横で立つメイを見上げて、アリスティナは窓の方にあるスツールを指さす。背凭《せもた》れはあっても、ドレスを着た貴婦人仕様なので肘掛けはない。どちらかというと軽い腰かけだ。

「あれを持ってきて、横に坐《すわ》って、メイ。話すことがたくさんあるのよ」

「はい。奥様」

ベッド横まで椅子を持って来たメイは、侍女のお仕着せの裾を上手く払って腰を掛けた。アリスティナは、徐《おもむろ》に話し始める。

「フェルは、優しくて。とても優しくて、初めての夜のとき、わたしが震えていたからそっとしておいてくれたの」

「はい」

「フェルが木の上から飛び降りたことがあって、そのときわたし、何も考えられなくて、下で受け止めようとしたのよ。そうしたら、横に落ちたフェルに、《僕を助けようとして腕を広げたおまえを。野暮ったくてヘンテコな姿のアリスを死ぬまで忘れられないぞ》って言われちゃったんだ」

「ヘンテコな姿を、死ぬまで覚えていて下さるのですか」

二人で目を見交わして、共に声を上げて楽しげに笑う。

「屋根裏部屋で、眼鏡を外したところを見られたわ、それで……」

それでこうなったというところまでは、恥ずかしいのも手伝って言えない。

アリスティナを見つめるメイは、言葉の続きを察した。穏やかに目を眇《すが》める。

「お好きなのですね。旦那様が」

「そう、なの」

返事をしながら、恥ずかしさもあれば、狼狽《ろうばい》もあって、アリスティナは上掛けに潜ったり顔を出したりした。

ただ、一方的に知られるのは少し悔しい気持ちもある。だから、微小でも反撃だ。

「メイはリックが好きなのよね」

上掛けから鼻まで出したアリスティナが言うと、メイはぐっと黙ってすっと頬を赤くした。大当たりだ。アリスティナはくすくすと笑う。

「リックは独身なのでしょう？　フェルよりも十歳年上で二十八歳だったかしら。メイとはちょうどいい感じじゃね」

「あの方はまだ妻帯されていらっしゃらないようですが、あれだけの方ですから、恋人とか、決まった方とかがいらしても、おかしくないですよね……」

メイは顔を伏せがちにして呟く。アリスティナが案外敏《さと》いのを知っているメイは、否定することの無駄を知っているのですんなり認めた。思いつめているようにも見える。

「……そうね。でも、リックは忙しいでしょう？　恋人を作る暇はないんじゃないかしら」

「それはそうですが。……確かに、そういう時間はありませんね」

「よく見ているわね」

「おや。奥様だって、いつの間に〈木から飛び降りるときに下にいる〉なんて状態になったのです？　屋根裏部屋でことに及ばれたのですよね？　後片付けは私が致しました。コルセットとかキャミソールとか落ちていましたよ」

メイは微笑む。

「……ごめんね」

汚れていたに違いないが、そこまではとても口にできない。

「こういうのも仕事の内です」

使用人という一言では済まないくらい、〈侍女〉は奥方の身近にいる。

リックが侍女を増やすという話をアリスティナにしたときに、メイだけでいいからと答えたのは、近づかれると淑女になりきれない自分のことを笑われると思えたからだ。夫とのやり取りなども垣間《かいま》見られると恥ずかしいから、せめて彼女のことをよく知っているメイがいいと考えた。

本当の姉のようなメイのために、できれば、リックとの間をどうにか取り持てないかと思うが、自分のことも上手くできないのにそれは無理というものだ。

先のことは分からない。それでも、互いに好きな人ができた。アルデモンド屋敷を出てよかった。フェルナンが夫でよかった。この屋敷にリックがいてよかった。

こうしていられる幸運を思って、アリスティナは笑う。

「できる男性ってリックのような人のことね。顔もいいし体格もしっかりしているし。でも、わたしにはフェルの方が格好良く見えるわ。きっとフェルは大人になるほど魅力が増すのよ」

「ま、奥様。そういうお話なら、私も言わせていただきますが、リックさんは……」

楽しい語らいで時間は過ぎ、やがてアリスティナは瞼《まぶた》を下ろす。

「奥様……夕食はどうなさいます？」

「も、いい」

「おやすみなさいませ」

メイが椅子を元に戻し、部屋を出てゆく。その気配をうっすらと追いながら、彼女は深い眠りに落ちていった。

その日から毎晩のように、フェルナンはアリスティナの部屋へ来る。互いの部屋を繋いでいる壁のドアを開いて夜更けにやって来るのだ。そうして彼女を腕に抱く。

昼間はすれ違って顔を見なくても、ディナーは一緒にテーブルにつくという暗黙の了解があり、そのときに、フェルナンは《今夜行くから》と端的に言う。いつになったら顔を赤らめずにそれを聞くことができるようになるのだろう。

食事が終わるとすぐに入浴して、ナイトドレスを纏《まと》う。ナイトドレスは夜着でもあるが、アリスティナがアルデモンド家から持って来たものよりも、ずっとドレスチックで豪華で、しかも脱がせやすい形をしている。

結婚してすぐに採寸して山ほど作られてくるドレスと並行して、下着なども揃《そろ》えられてきた。

ナイトドレスはあの屋根裏部屋以来、毎夜用意される。

アリスティナの部屋のベッドに二人で横になれば、せっかくのナイトドレスはすぐに脱がされて、彼女はフェルナンの情動に晒される。行為が次第に激しくなる気がして少し怖いときもあるが、いやだと思うことはない。

彼女の眼鏡を取り、サイドテーブルの上に、丁寧に置いてくれる彼が好きだ。

『眼鏡はまだ必要？　いまだに髪を染めているのはどうして。鎧《よろい》はもう要らないだろう？』

ここにいれば、自分を守るための鎧は必要ないと言ってくれるフェルナンが好き。

鎧は外部から自分を守るためと、自信のない自分を隠すためでもある。

フェルナンは、アリスティナの瞳をとても綺麗だと言ってくれる。肌も白くて美しいと何度も言われた。しかし、何もかも晒して彼の前に立てるまでには至らない。淑女としてはまったく駄目だろう。どうにかできる手だても、また見つけていない。

『もう少しの間でいいから、これを掛けていたいんだけど。だめかな？』

『いいさ。だけど、髪が本当はどんなふうなのかそろそろ知りたいけどね』

笑って待ってくれる。

肌を密着させて彼の欲望を胎内に取り込んだときの一体感は、アリスティナをとても安心させる。しかも、淫芽《めめ》を愛でられるときの快感は言うに及ばず、内部のどこかの襞《ひだ》を突かれると、すさまじい愉悦が躰を席巻《せっけん》するようになった。

なってしまったというべきか。フェルナンはそういう反応を返すアリスティナを眺めて、大いに喜ぶ。そして楽しそうに彼女を掻き抱く。

屋根裏部屋も自分たちの遊び場だ。昼間、アリスティナがそこにいるときに、たまにフェルナンもやってきて、二人で戯れる。

メイが笑いながら言った。

『せめてベッドで遊んでいただきたいのですけどね』

『ごめんね。次はもう少し自分で片づけるから』

『それは私の仕事ですので取り上げないでください。ただ、幾分寒くなってきましたから、風邪を引かれるといけないと思うのですよ』

新婚とはそういうものでしょうというメイの言葉は、もしかしたらリックから出たものかもしれない。

そうやって日々が過ぎる。

ごくたまにディナーのときにフェルナンがいないことがある。

一人で食べる食事は、どれほど料理長の腕がよくても、ひどく味気ない気がした。一緒に笑い合って話をしながら食事をすることに、自分はどれほど慣れてしまったのかと、アリスティナは唖然《あぜん》としながら料理を噛《か》みしめる。

彼がディナーの席につかないときは、夜の外出があるからだ。ブローデル伯爵フェルナンは屋敷に引き籠っているという噂《うわさ》をメイから聞いていたが、まったく外へ出ないということもなかった。どこへ行くのかは聞かされないので、知りようもない。

（……知らないことって、多い）

どうにかしたい。ゆったりと流れる毎日が、このままでもいいような気にさせるが、それはただの気分に過ぎない。心のどこかが焦っている。このままでいいのだろうかと。

秋が深くなってきた。

その日、フェルナンは外出するとメイが伝えてくる。

「ディナーも外でとられる予定だそうです」

「そう……。まだ午後になったばかりだから、外へ散歩に行ってくるわね」

「はい。行ってらっしゃいませ」

この屋敷の庭はとにかく広くて、秋の柔らかな陽射しを遮《さえぎ》るものが少なく、歩くのに気持ちがいい。けれど、最近は、一人ではつまらないと感じるようになった。

（フェル……。明日は一緒に外へ出られるかしら）

空が青い。元気に高く伸びている緑葉樹は、冬がきて枝いっぱいに雪を受け止めても、春まで耐えられる力を持っている。一年を通して緑の葉を付け、この場から動かない木々たち。

自分は？　この屋敷にいるだけで、瑞々しい葉を保っていられるだろうか。

後ろを振り返れば、遠くに正門が見えていた。あそこからフェルナンはたまに外へ出ているが、彼女はこのブローデル伯爵邸へ来てから一歩も外へ出ていない。

伯爵夫人だというのに、ブローデル家の領地へもまだ行っていない。領地には、もっと大きな伯爵邸となるカントリーハウスがあるはずで、そこにも執事のような屋敷の管理者や使用人たちがいる。

王都で貴族が出る〈外〉というのは、〈社交界〉に他ならず、貴婦人の位置にありながら淑女として上手くできない今の自分では、外に出るのは無理だとアリスティナは思う。思うが、このままでいいのだろうかとも考える。自分だけが時を止めているようで不安だ。

――置いて行かれそう……？

静かで危険のないこの屋敷内にいれば、何もしなくても穏やかで優しい日々が過ごせる。人の悪意もここまでは届かない。でも――。

外を歩いているうちに次第に心が重くなってきた。散歩を続ける気も失《う》せて、アリスティナは俯《うつむ》き加減で屋敷へ戻ってゆく。

正面玄関を眺めながら戻ったので、ロータリーを横に見て、分厚い玄関扉を開けて中に入った。玄関ホールを抜けて大ホールへと歩く。

本来なら、この大ホールで舞踏会などを催すのだろうが、この屋敷にそういった予定はまったくない。夜会もなければ、たくさんあるサロンが使用されるような客人も来ない。

「奥様。どうなさいましたか？」

「え？　リック」

大ホールを横切っているときに、向こうから来たリックに声を掛けられる。視界に入っていたはずなのに、ぼうっとしていて意識から外れていた。

「玄関扉が開かれたから来たの？」

「そうですよ。お元気がありませんね。今夜はお一人で夕食だからですか？　お部屋に運ばせましょうか」

「そんな手間のかかること、しなくていいわ。……そうだ。ね、リック。あなたはなんでもできるでしょう？　ダンスはできるのかしら。ほら、舞踏会で貴婦人たちが踊るステップとか、型とか、順序とか。知ってる？」

「一通りはできますよ」

「今忙しい？　できたら、教えてくれない？　わたし、基本を知らないから上手く踊れないのよ。いえ、ダンスは踊れないの。誰ともまだ踊ったことがなくて、分からないんだもの」

「突然どうなさいました」

真正面から聞かれたアリスティナは、きゅっと唇を噛《か》んで下を向いた。眼鏡や前髪で目元は隠されていても口元は見える。黙ってしまったリックは、そのあと小さく微笑む。

「では、どうぞお手を。奥様」

ぱっと顔を上げたアリスティナは、宙に浮いた大きな掌《てのひら》を見て、その上に自分の手を載せる。リックは正装で白い手袋をしているから、まさにこういう感じというわけだ。

大きなホールの中央で、最初はワルツだ。

「身体の中心をずらさないように。もう少し深く踏み込んでください。ステップはよろしいですね。さぁ、回しますよ」

腰に当てられていたリックの手に力が入り、載せていた手を軽く握られて、くるんと回された。ずいぶんすんなり回ったのに驚くと、リックが説明してくれる。

「こうしてリードされれば、多少のことはカバーされます。旦那様はお上手ですよ。今度一緒に踊られたらいかがですか？」

「それができたら嬉《うれ》しい。でも、フェルは優しいから、わたしが間違ったステップを踏んでもそのまま流してしまいそう。それでは上達できないんじゃないかしら」

「もっとお互いを知る必要がおありのようですね。旦那様は、割と厳しい面もお持ちですから、しっかり指摘なさるでしょう。よろしいですか、奥様。旦那様は、優しいばかりではありませんよ。それは、あの方の半分ほどにすぎない。……ですが、まぁ、時間が過ぎてゆけば、いずれ……さ、少しリズムを速くしましょう」

「リック。フェルのこと話して。わたし、あまりにも何も知らないの。そうでしょう？」

ふわりと回されて、ドレスの裳裾《もすそ》が翻った。前髪も靡《なび》いて、眼鏡の奥の彼女の瞳が、真剣さを増してリックを捉えたところで外に出る。大人の男は苦笑した。

「そうですね。……では、少しだけ。私は前の伯爵様に子供のころ拾われて教育を受けさせていただきました。留学もさせて頂いた。ブローデル伯爵家には恩義がありります」

この話はメイに聞いている。そういう背景があるから、リックはこの屋敷でフェルナンに仕えて尽くすのだと。

「旦那様以外のご家族が、みな亡くなられたという知らせが外国にいた私のところへ届いたのは、二年も過ぎてからです。場所を移動していたので、捕まりにくかったのでしょう。急いで帰ってきましたが、私がこの屋敷へきたときはひどいありさまになっていました」

「二年後……フェルが十四歳になったころね。ひどいありさま？　どんなふうに？」

「旦那様は荒れておいででしたし、使用人はほとんどいなくなっていました。仕事のできる者からどんどん辞めていったようですね。盗まれたものも多く、邸内は汚れていて、馬車はあっても、馬も御者もいない。庭師もおらず外も荒れ放題で、廃墟《はいきょ》寸前でしたね」

「リックが執事になって、伯爵家を立てなおしたの？」

「いいえ。私は、ここで四年過ごしただけの新米の執事にすぎません。知識も経験も不足しています。旦那様が、自分を取り戻してゆかれたのです。当主が柱です。柱がなくては、家は成り立ちません。私は手助けをしているだけなのですよ」

家族を失って、その原因はおまえだと指を向けられたフェルナン。《死神》とまで言われて、それでも立ち直ってきたという。

アリスティナは、リックを見つめているが、見ているのはフェルナンの姿だ。

「旦那様ご自身にしても、屋敷にしても、外側は元へ戻してきました。屋敷は誰の手であってもどうにかなってゆきますが、人の精神的な問題は簡単にはいきません。心の傷にやっとかさぶたができた程度でしょうか。どうしても必要なときだけ屋敷の外へ出られますが、旦那様は、基本的にまだ引き籠り状態なのです」

「……領地へも戻っていないの？」

「はい。十三歳のときに王都屋敷へ来られて以来、管理者に任せきりになっています。ご家族の逝去以外にも様々なことがあったようですが……」

「様々なこと……。たくさん？　どんな？」

「これ以上は、私の口から言えることではありません。私は、旦那様がもっとも苦しいときに、お傍におりませんでしたし、残っていた老いたメイドの一人に話を聞いただけです。そのメイドも、前の伯爵様へのご恩があって残っていたのですよ。今はもう、さすがに年がきて田舎へ帰りましたが」

動きが止まる。ダンスの練習はもう終わりということだ。まだ手を取られているのは、初めはリックがダンスの申し込みをしたから、おそらく、最後は礼をして終了という流れを考えているからだ。

舞踏会ではそういう形を取るという知識だけは持っている。実地で習っていないので、最後の礼にスカートを摘まんで軽く頭を下げるという形がいまいちよく分かっていない。やってみなくては分からないことはとても多いのだ。

「ありがと、リック」

スカートを少し摘まむ。そこで彼女はふと思い出した。メイが言っていたことだ。

「そうだ。ね、リック。あなたは独身だけど、誰か恋人とかいないの？　好きな人とか」

「なぜそんなことを聞かれるのです」

「そ、そうね、変よね、突然。なんでもない。おかしなことを聞いてしまったわ」

それはメイのために――と、口にはできない。アリスティナはすっと軽い礼をして離れようとした。すると突然、リックは言った。

「好きな人はいます」

「えぇっ、そうなの……。誰なのか聞いてもいい？　わたしの知っている人？」

載せていただけの手を、返されたリックの手でぐっと掴まれた。一歩近づいた彼に上からじっと見られる。背の高いリックの顔を見ようとすれば、アリスティナはかなり見上げなくてはならない。

端から見ればまるで体を寄せ合って見つめ合っているかのようだ。手の他は、ぎりぎりのところまで近寄っていても触れてはいないのだが、角度によっては密着しているようにも見えていた。

「一つお答えしました。誰であるかをお教えする前に、私の方からも質問させてください」

「――なにかしら」

どきまぎしてしまうのは、リックが男前であり、フェルナンとはまた違った魅力に溢れているから――ではなく、メイに見られると困るからだ。しかも、好きな人がいるらしい。

(聞かなければよかったかも。ごめんね、メイ)

リックが何かを言おうとした。けれどそれはかなわなかった。

「何をしているっ！」

よく通るこの声はフェルナンだ。リックと二人して玄関ホールの方を見れば、そこには外出先から戻ったばかりという出《い》で立《た》ちのフェルナンが立っていた。リックは何事もなかったという様子でアリスティナから離れ、すぃっと流れるような動きで頭を下げる。

「お戻りに気づきませず、お出迎えできませんでした。申し訳ありません」

「予定より早いからな。叔父との話し合いは決裂した。だから、ディナーもなしになった」

「叔父さま？」

アリスティナが驚いて口にする。考えてみれば、結婚のお披露目《ひろめ》をしていないので、フェルナンの縁故関係者とは誰にも逢《あ》っていない。叔父の一人や二人いても不思議はないのに、初めて話題に出たのも奇妙なことだった。

フェルナンはちらりとアリスティナの方へ顔を向けたかと思うと、歪《ゆが》んだような笑いを浮かべる。最初のころに見ていた笑顔で、アリスティナはこういうフェルナンは好きではない。

彼女には一言もなく、フェルナンはすたすたと歩いて屋敷の奥へ向かう。

「待って、フェルっ！」

冷たい態度に面食らって後を追う。大ホールに残されたリックが、天上を仰いで《しまったな》と呟きを零すが、アリスティナには聞こえない。


後ろを振り返らず、足早に歩くフェルナンは己の執務室へ入った。続いてアリスティナも部屋へ入る。ぱたんと扉が閉まるのを背中で聞いて、広い執務室内に二人だけになったのを感じると、鼓動がとくんとくんと早まってくる。

アリスティナは姉たちの行状のせいで、空気に混じる危険の気配に敏感だ。このところ、そういった状況にならないので忘れていたが、強張《こわば》ったようなフェルナンの背中は、いつもの彼とは大きく違っていた。

もしもこれがアルデモンド屋敷にいるときなら、すぐに逃げるか反抗の準備をする。

（でも、フェルだもの。怖くなんかない……よね？）

「フェル……あの、お帰りなさ……」

「あんなところで、リックと二人、何をしていた」

ぐるんと振り返って、硬い口調で言われる。こちらを向いてくれたのが嬉しい。声を掛けてくれるのもほっとした。だからアリスティナは、軽い調子で、急いで答える。

「ダンスを教えてもらっていたのよ。わたし、きちんと学んでいないからどこかおかしくて、上手くないの。いずれ外へ出たときに必要になると思って……」

「外へ出る？　外とは社交界か？　貴族ならそうだな。一人で？　リックと一緒にかっ！」

「何を言っているの？　フェルと一緒でしょう？　夫婦なんだもの」

「僕がいつ社交界へ出ると言った」

何を怒っているのか、アリスティナには少しも分からなかった。リックと一緒にダンスの練習をしていたのを怒られているのか、外へ出ると言ったことを怒っているのか、それとも、これは怒りとはまた別なものなのか。いつもと違うというだけで、まったく彼が見えない。

「フェルはそんなこと言っていないわ。でも、ずっとこのままではいられない。そうでしょう？　死ぬまで閉じ籠ってはいられないわ。いつかは外へ出ていかなくてはいけないもの。すぐにということでなくても、準備はしておかないと……」

「外へ出たければ一人で行け！　あいつと一緒がいいならそうすればいいっ！」

啞然としたアリスティナは、反射的に返してしまう。

「フェルのばかっ！　一人で行けって言うなら、行くわっ！」

見たこともないフェルナンの形相と、激しく発せられる声に、アリスティナは強く反発した。

ずっとそうやって過ごしてきたので、習性として身についてしまっている。アルデモンド屋敷では、反発心を持って反抗しなければ、幼い彼女は生きてゆけなかったからだ。

メイはいても、四歳年上の同じような少女でしかなく、しかも働かないと屋敷には置いておかないと言われていたから、アリスティナにつきっきりとはいかなかった。

身を守るために、強く反発する。それは幼い彼女のたった一つの対処法だったのだ。

そんな彼女に、フェルナンはきついまなざしを向けてくる。

「貴族の社交界が、どういうところかも知らないだろうに、よく言う」

「知らないわよ。アルデモンドの屋敷から出たことないし、デビューもできなかったんだもの。でも、なんとかなるでしょう？　二人でなら！」

「なんとかなる？　笑わせるな！　外がどんなところか、おまえに何が分かるというんだ！」

「何がって、それは分からないけど……」

「じゃ、教えてやろう。いいか。領地で一人残った僕に誰もが〈死神〉と言って指をさした。それだけでは済まず、領地の屋敷で僕が使用した皿やフォークが次々と捨てられたんだ。メイドは触りたくないと喚《わめ》いた」

「そんな、……だって、フェルは伯爵様でしょう？　まさか」

「十二歳だった。後ろ盾もないただの子供だ。一年過ぎて、これではどうしようもないからって、管理人として叔父が名乗りを上げた。僕は領地から出て王都屋敷、つまりここへ来たんだ。爵位の継承の披露目のために、他の貴族家の連中を招いて夜会とか舞踏会とかいろいろやった。あいつらは、表向きは笑っていても裏ではずいぶんなことを言っていたぞ！」

「やめて、フェル」

「子供に仕えてはいられないと言って、使用人は次々と辞めていった。次の職場を探すために紹介状をくれと言って列を作ったんだ！　誰もが後ろも見ずに出ていった」

屋敷は酷《ひど》い状態だったとリックは言った。これだけの貴族の屋敷を維持してゆくのは大変なことだ。たった十三歳の伯爵にそれらをすべてやれというのが、そもそも間違っている。しかも、後ろ盾となり物事を教えられる父親は、すでに流行病《はやりやまい》で亡くしていた。

リックはまだ戻っていない時期だ。傍には誰もいない。その中で、フェルナンは一人で立っていたのだ。

彼の痛みが膨らんでアリスティナまで包んでしまうようだった。彼女はぐっと足に力を入れ、踏ん張って叫びのようなフェルナンの言葉を聞く。

「おまけに、《三男なのに爵位も財産も独り占めとは幸運ですな》と口にした奴《やつ》までいた。幸運！　どうだ、外は楽しいか？　出たいところか？」

歪んだ笑顔。見たくない。それなのに、アリスティナがこの表情《かお》を引き出した。《心の傷にやっとかさぶたができた程度》と聞いたばかりだったというのに、安易に外へ出ると口にして、せっかく治りかけていたその傷を抉《えぐ》ってしまった。

激昂《げきこう》するフェルナンを前にして、アリスティナは何も答えられなくなった。フェルナンと出逢ってまだたった二か月ほどにしかならない。優しいと、そればかりを見ていた。見えなかった心の部分は傷だらけではないか。

(バカなのは、わたし――。自分に都合のいい部分しか見てこなかったんだ)

アリスティナはくるりと踵《きびす》を返して、フェルナンの執務室を出ようとする。一人になってよく考えたかった。ところが、後ろ手を掴まれる。掴んだのはフェルナンだ。

「どこへ行く。屋敷から出るのか？」

胸がいっぱいで言葉が出ない。だから振り返ったアリスティナは、何度も首を横に振る。けれどフェルナンの怒りは収まらない。

怒りというよりは嘆きかもしれない。そういう顔をしている。

「外へ出てゆきたいなら出てゆけ！　――けど、そうだな。その前に、もう一度くらいは妻の務めを果たしてもらおうか」

「フェル？　なに？」

万力かとも思う力で掴まれた手首が痛い。引きずられるようにして連れてゆかれたのは、執務室の隣になる彼の寝室だ。奥の壁にある扉は廊下へ出るものではなく、その向こうにある二人のためのサロンへ繋がっている。

フェルナンの寝室には、アリスティナが眠るベッドよりも幅広で、より豪奢《ごうしゃ》な天蓋付きベッドがある。彼女はそこへ突き飛ばされて転がった。

「きゃっ……っ、――ど、どうするの？」

「ベッドの上だ。二人ですることなんて決まっている」

吐き捨てるように口にしたフェルナンは、彼女から眼鏡を外し、ドレスを脱がしてゆく。

いつもよりもずっと性急だ。アリスティナの制止など耳にも入らないといった体で、着ているものをどんどん剥《は》ぎ取《と》られてゆく。

「フェルっ、フェルっ、怒らないで……っ」

「だまれっ」

アリスティナは泣かないよう必死で歯を食いしばる。

――このごろは、毎晩フェルに……。いつものこと、いつものことなんだから……っ。

乱暴というには優しい手つきだった。ただ激しくて、熱くて、彼女が追い付いてゆけないほど振り回されてゆくだけだ。それだけ。

キャミソールだけ身に残った状態で、うつ伏せにされて腰を高く上げさせられる。手で愛撫《あいぶ》されて、狭間《はざま》の奥になる陰唇は緩み、蜜をたっぷり零《こぼ》した。それをフェルナンは後ろから眺めて喉の奥で笑う。

「おまえの躰は、ずいぶん覚えが早いな。こんなに濡《ぬ》れるようになった」

肉割れを指で撫《な》でられて、枕に額をくっつけたアリスティナは、背をひくんひくんと波打たせながら、深く喘いで嬌声《きょうせい》を放つ。

「うう、うん――……っ、あ、あ、……」

ぐりぐりと探ってくるように狭隘《きようあい》で動かされる指は、すぐに本数が増えて、膣口を広げる。その広がった狭間から陰核へと垂れてくる彼女の愛蜜は、リネンに落ちる前に陰部全体をたっぷり濡らした。

フェルナンの両手の指は、膨らんでいた豆のような愛芽も捕えて、いつも以上に忙しく撫でてくる。この場所を弄《まさぐ》られると、快感が恐ろしいほど走ってアリスティナはいつもたっぷり声を上げてしまう。

「いやっ、あ、……きつ、もっと、ゆっくり……あ、あぁっ」

「相変わらず敏感だな、アリス。もっとめちゃくちゃにして可愛がりたいって、僕はいつも思っていた。それでも、もう少し待つつもりで……くそぅ……っ」

「フェル……っ、あぁあ、――フ、ェ、ル……っ」

うつ伏せているから、枕に顔を埋めていても激しく息を継ぐためには顔は横向きだ。両手は顔の両横で枕を覆うリネンをしっかり握りしめていたが、快感の鋭さに押され、肘を立て、背を反《そ》らして身悶えた。

そんな淫らな様子を、きついまなざしのフェルナンに見られている。たまらない羞恥が彼女を攻め立てる。

彼は、今度は舌で臀部《でんぶ》をつついてきた。まずは双丘へのキスだ。掌《てのひら》で尻のまろみを包んでから、陰部の割れ目をことごとく舌で舐《ねぶ》る。

当然のように陰唇を両手の指で広げられて、そこも舌が潜った。

「う、うう……っ、ん——……っ」

「舌だけでは、ほんとは足りないんだろう？　……ここは、奥が好《い》い。そうだな？」

蜜壺の奥に愉悦を齎《もたら》す場所があるのは、もう知っている。

毎晩抱かれているうちに、フェルナンは場所を確定し、アリスティナは自分の肉体の不可思議さに身を震わせて喘いで啼《な》いた。たまらなく貪欲で、いくらでも快楽をまき散らす蜜壺の秘密の場所だ。

『しこっているんだ。アリスが感じてくると、微妙に膨らんで僕のを締めてくるよ』

説明されても、具体的には分からない。ただ、狂態を晒させる処というのは分かる。それだけの愛撫をほぼ毎日受けてきた。舌ではそこに届かない。

ぬるぬるとした感触は、声を上げさせるには十分だが、肉体は飢えてゆく。指で花芽を弄られながらだから、余計にそうなる。

「ひぁああ——……ん——……っ……んっ」

アリスティナの上体がびくんっとのたうった。内部の飢えを抱えながらも、朱《あか》い肉芽は達することを強要した。不安も快楽もごちゃまぜになった中で、快感に流されてゆく。

「あ、あ、……っ」

ひくひくと体中を痙攣《けいれん》させながら余韻に浸り、肩や肘から力が抜けて、アリスティナは再び顔を枕へと落とす。けれど、下肢はフェルナンが手で捕まえているから上がったままだ。膝や太腿がふるふるとしながらも、尻を上げた状態は保たれている。

後ろからフェルナンがくぐもった声音で言う。

「足りないだろう？」

声にさえ感じてしまう。ふるっと肩を竦ませたアリスティナは返事をする。

「……うん……あ、……」

「欲しい？　僕のが、もっと奥に」

まともに答えるには羞恥が大きい。けれど、達しても飢えていた。奥にほしい。長大な雄で、悦《い》い処を突いてほしい。そこから生まれる愉悦の大きさは、男には決して分からない。体中を満たして暴れるような快楽に溺れた究極の絶頂だ。

ぴちゃりと水音がする。フェルナンは、アリスティナが休む暇を与えないつもりだ。肉割れは、再び彼の好いように嬲《なぶ》られてゆく。彼女の求めを分かっていて浅瀬を泳ぐ指と舌に、たまらない歯がゆさが高じてきて、アリスティナは尻をひくりと慄《おのの》かせながら呻《うめ》く。

「あ、あ、……ほしい。フェル……っ、あ、ほしいの……っ」

「奥に？　突いて、犯してほしい。そうだな？　言えよ、アリス……っ」

「ほしい、もっと、奥に。……あぁ……ん――、入れて、フェルぅ、突いてぇ……」

鳥の鳴き声のような嬌声がひっきりなしに出る。声に出せば、ほしいという欲求がますます高まり、躰《からだ》全体がゆるりと動く。

そのとき、フェルナンがどういう顔をしたのか、彼女には見えない。早まった彼の呼気を、臀部の肌が受けとめただけだ。

アリスティナは枕に顔を埋めて隠し、顎を引いて口元だけをわずかに浮かせた状態で、彼を求め続ける。羞恥で頬を真っ赤に染め、両手でぎゅうぎゅうにリネンを握りしめながら淫猥《いんわい》な言葉を綴《つづ》る。

「おまえは、僕のものなんだ。アリス。……それを、忘れるな……っ」

フェルナンは後ろから繋がってきた。キャミソールだけを纏《まと》うアリスティナは、枕に押し付けた顔を横に向けて息を継ぎながら、挿入されてくる熱杭《くい》を食らう。自分の肉体だというのに、熟れた淫壺が嬉々《きき》として男根を銜《くわ》えてゆくのが何より衝撃だった。

楔《くさび》のような雄は、すぐに激しい抽出を繰り返し始める。彼女の蜜壺の中にあるしこりを集中的に突かれ、アリスティナはひたすら喘ぐしかない。

「はや、い、あぁぁっ、苦し……っ、は、いやぁ……あ、あん……」

アリスティナの頭の中は真っ白になりながらも快楽だけは拾ってゆく。体中で身悶えながら、たまってゆくような快感を甘受する。

「気持ちが、好いだろう？　いままで、僕がどれだけ我慢しながら、おまえを、抱いていたか。思い知るといい……っ、僕がどれほど——愛しているかを……っ」

意味を解することはできなくても耳には残る。大切にされていたのだ。

ぐりぐりと擦られ続ける内部の場所は、フェルナンが言ったように膨らんでいるのだろう。狭くなっている中を突き進んで拡《ひろ》げる彼の怒張は、アリスティナをたっぷり善がらせた。

「あん……っ、んっ、……あぁあ、い、い……――っ」

臀部がふるりふるりと振れて彼を誘う。フェルナンは、己の一物を食《は》んだ膣口を両手の指でさらにくっと広げながら、もっと奥へ、限りなく深くへと挿入してくる。

蜜路はひどく濡れている。ぽたりぽたりと垂れて、リネンに大量の染みを作っていた。

「卑猥《ひわい》だな……。こんなに濡らして、アリス、……好い躰になったよ」

「あん、いやぁ……、言わないでぇ……っ、あ、あ、あぁっ」

快感がとめどなく膨らんでくる。脳内が茹《ゆ》だるように熱い。

彼は後ろからキャミソールをたくし上げて、背中にたくさんキスを降らせた。両手をアリスティナの胸に回して、下がって揺れている乳房を痛いくらいに揉《も》む。指先で乳首を引っ張ったりもした。

痛いくらいでも、感じる。乳首はアリスティナを大きく翻弄する場所の一つだ。

後ろの膣口は、雄の勢いに負けぬ力でそれを銜え、臀部は悦楽の場所へ自ら導く動きさえしている。愉悦に呑まれてゆく。躰中を走る快感に、抗しきれない。

「アァァ――……っ……」

「く……っ、アリス……っ」

内部へ放たれた奔流にさえ追い上げられて、アリスティナは再び高みへと駆け上った。

びくびくと震える肉体は、いまだフェルナンの手の内だ。

「まだだ……アリス。どれほど達《い》けるか、試してみよう……」

伸びあがった彼に、耳たぶを噛まれた。恐ろしいようなフェルナン。けれど、こういう彼もやはり好きだと、アリスティナはおぼつかない脳裏でそう思っていた。


目が覚めると、意識を失くす最後に見ていたのと同じ天蓋が視界に入る。フェルナンのベッドの上だ。身体の汚れは拭われたのか、さっぱりしていた。

薄暗い部屋の中には誰もいない。ベッドの上からでも見られる窓の外は、月明かりを感じさせない漆黒の空が広がっていた。夜だ。

（……この部屋へ入ったのはお昼過ぎだった？　ずいぶん過ぎたんだ……）

そろりと動き出す。太腿《ふともも》や腕など全身がだるい感じだが、筋を痛めて動けないということはない。激しい愛撫や交わりであったというだけで、非道な扱いではなかった。それどころか、肉体は充足の溜息が零《こぼ》れるほど、快感と愉悦に塗《まみ》れて眠りについた。

上半身をそろりと起き上がらせる。すぃっと顔を横へ向けて、サイドテーブルを見た。そこには、水差しの横に、彼女の丸い縁取りのメガネが柄を畳んだ状態で置かれている。

アリスティナは手を伸ばしてそれを取ると、両手で包んで胸に抱きしめ、頭を垂れた。目を閉じる。

ポイポイと放《ほう》られた服と同じ扱いを受けなかったこの眼鏡を、アリスティナがどれほど大切にしているか、どれほど頼りにしているか、フェルナンは知っている。だから、こうしてきちんと避けておいてくれたのだ。

（あなたこそ、強い人よ――）

胸に抱えた眼鏡を両手でぎゅっと握る。つらく苦しい過去の出来事をアリスティナに開いて見せても、怒りと嘆きを露《あら》わにしても、フェルナンの優しさは失われることはなかった。

閉じた瞼《まぶた》の裏で見る。

黒い髪と、紺碧《こんぺき》の色合いで海と空を思わせる瞳。夜には漆黒かと見紛《みまが》う深い色の両眼。すんなり伸びた手足に、整った顔、そういったすべてが、類まれなる優しさと共にアリスティナの脳裏に刻みついている。

アリスティナは夜中にブローデル屋敷を出た。門番は、メイが言った通りに、《このような時間にお一人で外に出られるなど、とんでもないことです》と忠告はくれたが、奥方様の行動を制止することはできなかった。

アルデモンド家を出てくるときに着ていたマント姿だ。マントの下はやはりあのときの母親の外出着を着ている。昔の型は一人でも着られるものがあるので助かる。

フェルナンがたくさん作ってくれたドレスも宝石もすべて置いて来た。

正門から少し出たところで振り返って二か月ばかりを過ごした屋敷を眺める。

――つらいことやどうしても我慢できないことがあったら出ていくつもりで、ここへ来たんだったわ。成人するまで我慢して……なんて。

どれほど甘く考えていたのかと、自らを振り返って少しだけ笑う。出ていきたくなくても、いかなくてはならないときがあるとは、微塵《みじん》も考えていなかった。

『出てゆきたいなら出てゆけ！』

当主の怒りをかった。もうこの屋敷には居られない。

けれどそれ以上に、フェルナンの心の傷を抉《えぐ》ってしまった。もっとゆっくり話し合えば良かったのに、何も考えずに外へ出ると言葉にした。愚かだった。

『おまえに何が分かる！』

叫びのような嘆きの声が耳の奥に残っている。つらい日々だったという彼の痛みが、アリスティナの全身を打つようだった。

――メイと一緒には行けない……。

もしかしたらリックの好きな人はメイなのかもしれないと不意に閃《ひらめ》く。中途半端な聞き方をした。どうしてあのとき、きちんと聞かなかったのか。いまさら悔やんでも遅い。

屋敷を眺めていたアリスティナは、身体の向きを変える。目指すは中央駅だ。

王都は、国王陛下が住まわれる宮殿の周囲に広がり、拡大と興隆を続ける大きな街だ。夜になっても繁華街の明かりは煌々《こうこう》と灯《とも》されて、大勢の人が行き来している。地方へ向かう列車のハブ駅となる中央駅はその向こうにあるはずだ。

雑多に仕入れていた偏った知識が役に立つ。以前、生家を出たらどこへ行こうかと王都の地図を見ていたのだ。繁華街まではさほど遠くなく、大通りを抜けて突っ切っていけばそのうち駅に着く。

未婚の貴族家の令嬢は、外出時には必ず付添い人がつく。奥方の場合は侍女だ。他に、フットマンなど、誰かが荷物持ちも兼ねてついて来る。一人で歩いている時点で貴族の女性とは見てもらえない。

（それでいいわ。人目についたら拙《まず》いもの。お金は……ないから……）

母親の形見となる最後の指輪だけは持って来た。ポシェットをさげているが、大切なものはスカートのポケットの中に隠してある。メイの行動から学んだことだ。

これを売れば、列車に乗ることはできるだろう。当座の生活も賄えるはずだ。

（駅の近くなら、換金屋があるって本に書いてあったわ。列車に乗って、母さまの生家である子爵家へ行くというのはどうかしら。でも、指輪のことを聞かれたらどうしよう……）

子爵家は領地に引いていて、母親が亡くなって以来、付き合いもなく繋がりも薄い。母親の父であるアリスティナの祖父も、とうに亡くなっている。受け入れてもらえるとは思えない。

駅。そしてどこへ。

――行くところなんて、ない。

ぽつんと空から落ちてきたのは雨だった。アリスティナは暗い夜空を見上げる。

自分は一人。今やたった一人だ。

第三章　そして彼らは立ち上がる

一階のサロンの一室で、フェルナンは頭を抱えながら一人用ソファに座っていた。どれほどこうしているのか、時を計《はか》るだけの気持ちのゆとりはない。

サロンへ来た時点で夜だった。明りを点《つ》けた。覚えがあるのはそれだけだ。

（アリス……）

前屈《まえかが》みになった彼は、両手を組んで額に当て、目を閉じている。脳裏に浮かんでやまないのは、愛《いと》しき妻のことだ。

初めて出逢ったのは、このサロンからも近い大ホールでだった。執事のリックが、花嫁がご到着ですと伝えに来て、教会へ行くためにホールへ行った。〈花嫁〉には、まったく期待していなかった――というより、互いの間に愛情が生まれることはないと思っていた。

フェルナンは、王宮を含めた社交界で、自分についてどういう噂《うわさ》が流れているのか知っている。《死神伯爵》だ。面白おかしく、あるいは本気の恐れを持って囁かれていた。

おまけに、屋敷にほぼ閉じ籠り状態という問題も抱えていたので、相手になにかしらの難題があっても目を瞑《つぶ》るつもりだった。むしろ問題があった方が話もまとまりやすいし、好都合でもあったのだ。相手に対する最大の望みは、相互不干渉でいてくれることだった。

それが、どうだ。瞬く間に過ぎていった二か月の間に、彼はアリスティナにみるみる惹《ひ》かれてゆく自分を、唖然《あぜん》とした面持ちで眺めることになった。

眼鏡の下にある瞳や染めている髪は、本当はどういうふうなのかを知りたくなった。生家のアルデモンド伯爵家でどんな生活をしていたのか、何を考えていたのか、好きなもの嫌いなものは……と、アリスティナに関する疑問が増え、彼女のことで脳内が埋め尽くされてゆく。

瞳は見た。信じられないほど魅惑的な深い緑の瞳だ。光の下では明るいエメラルドでもあり、ふっとした陰の中では青く見えるときもある。美しい瞳だった。

白桃のような肌と均整のとれた肢体、まろやかに膨らんだ胸も見て、そして触れた。

磨かれる前の原石のような彼女は、美しい肉体を古風なドレスで包み、美麗な顔を眼鏡と前髪で隠して、温かく傷つきやすい心根を反射的に繰り出す強い言葉で守っていた。

美しさばかりか、丸い眼鏡をして染めた髪を三つ編みにしたアリスティナも、フェルナンはすごく好きなのだ。野暮《やぼ》ったいと見えていたあの姿のなんと愛おしいことか。

――腕を広げて僕を受け止めようとした。……アリス。

実際は横に落ちたが、フェルナンの心はものの見事に、広げられたあの腕の中に捕まっていた。愛している。彼女こそが、新たなる家族であり、永遠の伴侶だ。

『死ぬまで閉じ籠ってはいられないわ』

その通りだ。

『いつかは外へ出ていかなくてはいけないもの』

アリスティナの言う通りなのだ。

自分がまだまともに外へ出られないからといって、彼女まで閉じ籠めてしまうのは理不尽だ。それに、いつか子供が生まれたら、その子にも屋敷から出るなと言うのか？　あり得ない、そんなことは。彼女のためにも、いつか生まれる子供のためにも、確固たる社会的地位を築くべきなのだ。屋敷で働く者たちのためにも、領民のためにもだ。

分かっている。それなのに、過去の記憶が蘇《よみがえ》って胸の奥がずきりと痛み、声を荒げて彼女に詰め寄った。あげくに、激情のまま欲求をぶつけた。なんという弱さだ。

誰にも見せたくない自分の傷を開いて見せたのは、腕を広げたアリスティナに対して甘えがあったからかもしれない。

すべてがないまぜになって爆《は》ぜ、己を止められなかった。

「アリス――」

許してくれるだろうか。

苦行の面持ちで、背を丸めてソファに腰を埋めていたフェルナンの耳に、不意に異質な音が割り込んでくる。扉をノックするコツコツとした音だ。

ゆっくり顔を上げた。ふとアリスティナかもしれないと思いついた彼は、瞬く間に緊張を高めて返事をする。

「誰だ」

「リックです。メイも一緒です」

「入れ。どうした。アリスになにか――」

　行為のあと、意識を遠のかせた彼女を、ある程度手当してベッドにそのまま寝かせてきた。屋敷の中の当主の寝室だ。何事かあるとは思えない。……が、メイが一緒ならアリスティナのこと以外にはないはずだ。右手の拳をぐっと握る。

　窓を見れば、外は漆黒の闇夜で、窓ガラスにたくさんの水滴がついている。いつの間にか雨が降ってきていた。耳を澄ませば、秋の細い雨の音が微かに聞こえてくる。必死に泣くのを我慢していたアリスティナの代わりに、空が涙を零《こぼ》しているかのようだ。

　フェルナンの視界の中で扉が開き、リックとメイが室内に入ってくる。メイはかなり強張《こわば》った顔をしていた。珍しくリックも眉を寄せ気味にしているので、フェルナンも急激に神経を高ぶらせてゆく。嫌な予感しかしない。

「何だ」

　彼が座る一人用ソファの近くまで来たリックが一歩横に避けると、後ろにいたメイが前へ出て、緊張した声音で聞いてくる。

「旦那様。ディナーのことをお伺いしに奥様のお部屋へ参りましたが、どこにもいらっしゃいません。どちらにおいでなのか、ご存じありませんか？　リックさんに旦那様の寝室も見てもらいましたが、そちらにもおいでにならなくて」

「屋根裏部屋は、見たか？」

「はい」

もう座ってなどいられない。素早くがたんっと立ち上がったフェルナンは、リックへ顔を向けて言う。

「おまえは？　知らないのか？」

メイと一緒に来ているのだから知るはずもないのに、昼間見た大ホールでの様子が、その問いを口に出させた。メイは奇妙な顔で眼を瞬《まばた》き、リックはさらに眉を寄せる。

「なぜ、私に聞かれるのですか」

「昼間、大ホールであれだけ接近していたのだからな。おまけに、アリスはおまえに《好きな人はいるか》と聞いていただろうが……っ。何かしらの秘密を共有しているように見えたとしても不思議はないっ」

これは嫉妬だ。はっきり認識しながらも、フェルナンは言わずにいられなかった。アリスティナに対する手がきつくなったのも、根底には嫉妬心がある。

彼女の不貞を疑ったわけではない。あれだけ腕の中で啼《な》いてくれる。フェルナンは男の性《さが》を顕《あら》わにして、アリスティナに近づく者に対する威嚇《いかく》も兼ねた嫉妬を外に出したのだ。

「えぇっ⁉　奥様が！　……そ、それは、私の、——私のせいです。奥様は私のために聞いてくださったんですわ！」

悲鳴のような声を上げたメイへ、フェルナンは驚きの視線を向ける。リックもメイを見る。

大人の男は、見開いた眼と緊張で固まった表情を晒し、強い視線でメイを見つめてから、フェルナンへと顔を向け直す。

「旦那様。昼間のことを先に申し上げますが、必要以上、奥様の近くにいたのは私の落ち度です。申し訳ありません。あのとき旦那様は、私の返事もお聞きになっておられると思いますが、私は《好きな人がいる》と答えました。一つ答えたから、私の問いにもお答えくださいとお願いしていたところへ、旦那様がお声を掛けられたのです」

　震えるような声でメイが聞く。

「問い？　なにを」

「メイに、恋人や決まった人はいますか――と」

「――……っ！」

　息を呑み、ぎょっとしてリックを見上げるメイは、みるみる頬《ほお》を上気させる。そこで、フェルナンは一気に回答へたどり着いた。アリスティナはメイの気持ちを考えてリックに相手はいないのかと聞き、リックはアリスティナにメイのことを聞こうとしたのだと。

　フェルナンは深く息を吐く。

「リック……。アリスがこの屋敷に来てから、おまえが妙に浮かれた足取りになっていたのは、つまりそういうことか」

「はぁ、まぁ、奥様がいらっしゃってからというよりは、メイが来てからという……。やはり気づかれていましたか。さすがの観察眼ですね」

「相手を取り違えてしまったがな」

ため息と共にフェルナンは吐き捨てた。自分に対して呆れる彼は、これがアリスティナに関することだから、感情が作用して余計に判断が狂うという自己診断までした。

それほど捉われているのだ。あの丸い眼鏡の美少女に。

「ではアリスがどこにいるのか、おまえも知らないんだな」

「はい。すぐに、屋敷の中を隅から隅まで捜させましょう」

サロンを出てゆこうとリックが身体の向きを変える。すると、それを見計らったようにして扉がノックされた。

「誰だ」

「伯爵様。門番が伯爵様にお伝えしたいことがあると言っております」

フェルナンは頷き、リックはすぐさま扉まで行ってそれを開ける。廊下に立っていたのは、フットマンと、雨に濡れた門番だ。

正門の番人がそこから離れるのは、規定時間になって交替要員が来たときと、緊急時という二つの場合だけに限られる。そういう規定だ。緊急時とは、〈ブローデル伯爵様に害が及ぼうとするとき〉だ。常に三人が正門にいる手筈になっている。

三人のうちの一人がやってきて言うことには。

「決まりを破って正門から離れました。申し訳ありません。あとの二人は残っています。あの、奥様が屋敷内から出てゆかれました。奥様が単身で出られる場合にご報告すべしとは、命じられておりませんでしたが、夜で、雨が――。これは、緊急だろうと」

この男の給金は倍増だ。

取り乱したメイが床にへたり込む。

「奥様……っ、私を、置いてゆかれたのですね。一声くだされば、絶対に、共に行きましたものを……っ！　私がいけなかったのです。おかしなことを奥様に口走って……っ！　奥様をお一人で行かせてしまった……っ！　お一人で──なんてこと」

小さな声でも心の叫びだ。リックが複雑な顔をしてそんなメイを見つめる。リックのことは好きでも、メイの中ではアリスティナの存在の方がはるかに大きいようだ。しかし、大人二人のことは、二人で解決するしかない。今はそれどころではなかった。

フェルナンは早口で門番に聞く。

「どういう姿だった？　スーツケースなどは持っていたか？」

「ベージュのマント姿でしたか。小さな帽子と、それから小さなぽせっと？　ポシェット？　これはこげ茶だったかな。マントはロングで、なんか古い型だったような、あ、すみません」

「きっと母上様のものですわ。最初にこちらへ来たときにお召しになっていたものです。お一人で着られる外出着となりますと、これも最初に着ていらしたものではないかと」

半泣きになりながらメイが続ける。フェルナンは、ぐっと喉がつまった。

小さなポシェット一つだ。アリスティナは、彼がたくさん作ったドレスもコートも置いて行ったのか。たぶん、宝石なども。金子は？

フェルナンは脳内で首を振る。渡した覚えはない。伯爵夫人である彼女が、財布を開いて買い物をする機会などないからだ。

すぐに動き出したフェルナンは、フットマンに命じる。

「僕の馬を出せ！　捜しにいく」

直ちにリックが反応する。

「屋敷内の者たちにも捜させましょう。手配をしてから、私も出ます」

「誰を捜しているか、名前は言わないよう口止めしておけ。あとできっと、アリスが困ることになるからな。姿だけでは難しいかもしれないが、丸い眼鏡が特徴だ。それとベージュのマントに小さな帽子、こげ茶のポシェット、だな」

「私も行きます！」

駆け寄ったメイが胸の前で両手を握りしめて言う。いまにも倒れそうな蒼ざめた顔をしていながら、強く主張した。フェルナンは彼女に確認する。

「王都には、アルデモンド伯爵邸もあるが、そちらへ行ったということはないか？」

「あり得ません。奥様があの屋敷へ戻られるなど」

「そうだな。……あり得ない。母方の子爵家は王都屋敷を畳んで領地に引いたんだったな」

今度はリックが答える。

「はい。子爵家の領地は遠いので、もしもそちらへ行こうとするなら、中央駅ですね」

「メイは馬車で駅へ向かうんだ。そこで捜していなくても、そのまま待機だ」

「はいっ」

急ぎで指示を出したフェルナンは、廊下を走って玄関まで行き、用意されていた馬に跨る。馬にしても、それに乗る者にしても、雨の中では滑る可能性があってあまりよくない。けれど王都の道は整備されているので、足元はさほど危なくはないはずと大雑把に考える。

アリスティナを見つける。絶対に腕の中に取り戻す。それが最優先だ。

フェルナンは馬に早足をさせながら屋敷から出た。雨足は強くはないが、秋の夜に相応しい冷たさだった。上着は着ていても、長時間濡れれば雨が染みてくるのは防げない。

――冷たい。アリス、寒いんじゃないのか？

アリスティナが一人で出たのは、メイの幸福を願ってのことだ。望めば彼女についてきてくれるメイだから、何も言わなかった。だから一人でいる。

――アリス……。おまえを一人で出ていかせてしまった。未熟な夫で、すまない。

やがて繁華街に入る。ここを抜ければ中央駅だ。

階数の多い大型の建物が両側にずらりと並んだ大通りは、まだ店舗の明かりもあれば人通りも多い。箱型の辻馬車が中央駅から出てくる客を狙って行き来しているし、少人数用のキャブも有名レストランの前で待っている。

細い雨などものともせずに、仕事や遊びで忙しい人間が多い王都の繁華街だ。夜中と言うにはまだ浅い時間だった。

フェルナンは、途中で追いついてきたフットマンに馬を預けて、下りて歩く。

「旦那様。びしょ濡れですよ。一旦お戻りになった方が」

「構うな。歩いて捜す。おまえは駅付近を見て回れ。彼女を見つけたら、僕の馬に乗せて屋敷へ連れ戻すんだ」

「そういうのって、まるで無理やりみたいっすね」

ぎらっと睨《にら》んだフェルナンの目つきの冷たさと迫力に押されて、二歩三歩と下がったフットマンは、いきなり背を正すと彼の馬を引いて動き出す。

「では、行きますっ」

意外に鋭い受け答えをした若い——といってもフェルナンより少し年長になる——フットマンが、その場を離れてゆく。

あの男は、貧しさから家族のために物を盗もうとした咎で憲兵隊に捕まったことがある。彼を雇った父親はそれを承知で受け入れた。

使用人が大量に辞めていく中、《新たな就職先を見つけようにも、過去を調べられれば一発で首ですからね。そうなると職場環境を落とすしかなくて、船場とかになっちまいますんで、ずっとこの屋敷に置いといてください》と、てらいもなく笑っていた。

フェルナンが荒れていたとき屋敷に残ったのは、年老いて次の就職が見込めない者、父親の前伯爵に恩義のあるリックのような者、そして何らかの理由でどこへも行けない者だ。

そういう者たちと新米の執事、そして引き籠りの若い伯爵といった吹き溜まりのような屋敷にやって来た花嫁とその侍女は、これもまた、姉や兄によってつけられた心の傷を抱え、類まれなる美しさを隠している変わり者だった。

しっかり者の侍女メイは、リックの指導で学び、いずれハウスキーパーに抜擢する予定だ。しかし、厚い信頼を渡せる者であっても、その職に就くには若すぎるし経験もない。未熟者ばかりの家だ。そういう家でもいいと思い、行くところがない者が、今残っている。

──ならばここが出発点だ。

フェルナンの腹の中で、硬く強く固まってゆくものがある。

──歩き出すためにも、おまえが必要だ。アリス……っ！

両腕を広げて彼を受け止めようとした。丸い眼鏡で三つ編みをした野暮ったくて美しいアリスティナ。もう絶対に、自分からは切り離せない者。

フェルナンは少しだけ笑う。最初に妻にしておいたのは、限りなく上首尾だった。

雨の中を、ぐるぐると人を捜して歩き回る彼を、人々は奇異の視線で眺める。

──雨の中を一人でさまよう……。こういうときは、人のいない方へ行く。

かつて、王都へ来たばかりのころ、屋敷で夜会なども催していた。背伸びをしていたのは事実だ。少し場を離れただけで、招待客たちの嘲笑が聞こえた。その頃はまだリックもいなくて、体制としてお粗末だったのは認める。無理をしていた。

屋敷を飛び出した当時十三歳のフェルナンは、ふらふらと王都をさまよった。

──同じだ。あのときも雨が降ってきたんだ。

人を怖いと思う気持ちが、きっとアリスティナを誰も来ないようなところへ誘い込んでいるはずだ。

フェルナンは大通りから外れて、かつて自分が辿《たど》った道のりを、アリスティナを捜しながら歩いた。彼は男だ。過去のあのとき、捜しにきた従僕と一緒に屋敷へ戻ったが、彼女は女性である分、彼よりも数倍危険が増す。

「アリスっ」

ずぶ濡れになりながら路地裏まで行った彼は、小さな悲鳴を耳に入れる。

だっと走ってそこまで行けば、細い路地裏の奥、着崩れた格好の男たちの向こうにアリスティナが見えた。眼鏡はしていない。帽子も取られてしまったのか頭に載せていない。編んだ髪が背中に垂れ、顔の両側にある髪が、雨ですっかり濡れて頬に張り付いている。

「すっげぇ眼。こりゃいいもん見つけたわ。一緒に来て頂きましょうか、お嬢さん」

一人の男が彼女の片手を掴《つか》んでいる。それを引っ張れば、細く儚いようなアリスティナは踏ん張ってもまるで敵わず、よろめいた。

「放して――っ！」

「彼女を放せっ！！」

男たちのすぐ近くに茶色のポシェットが落ちていた。中の物がばらばらと散らばっているから、中身を物色されたというのはすぐに分かる。

けれど、フェルナンが凝視したのは、その近くに落ちている泥に塗れた眼鏡だ。踏まれたのだろう。柄も丸い縁もぐしゃりと変形して、ガラスも割れている。

頭の中が煮沸《しゃふつ》されるようだった。アリスティナは言ったのだ。

――鎧《よろい》だ、と言った……っ！

「フェル……」

震える声で発せられた小さな呼び声。向けられてくる顔、そして両の瞳。

雨の中だからか、少し濃い感じになっているエメラルド色の瞳は、透き通り具合がすさまじく、こんなときでもフェルナンのすべてを揺さぶるほど魅了する。

吸い込まれそうな大きな瞳に彼を映したとたん、みるみる滴《しずく》が溜まってきた。

泣かないと言った。どうにもならないから泣かないと――。

意識も、肉体までも沸騰するかのようになった。

ぐわっと目を見開いて土を蹴る。スピードも格闘も、他国の軍にいた経歴を持つリックからの直伝だ。多人数で女性一人を取り囲む不逞の輩など敵ではない。

急所を攻めて一発で沈めてゆくフェルナンの動きは、素晴らしいものだった。連中は、これは危ないと逃げ出し始める。アリスティナの手を掴んでいた男が動揺して声を上げた。

「え、おい、待てって」

彼女も相応な危機的生活をしてきている。眦《まなじり》に溜まった涙を振り切って目を瞬くと、隙を見てとり、自分の手を掴んでいた男の腕を振り払った。

「お、お、おっと、待てっ」

アリスティナが離れてゆくのを追うために腕を伸ばした男が最後の一人だ。フェルナンが腹に蹴りを入れて蹲《うずくま》らせ、次には膝で顎を下から突き上げて吹き飛ばした。

脚の力は腕よりも強力だ。狭い路地裏で、その男は捨てられていたゴミなどを散乱させながら雨降る土の上に泡を吹いて昏倒した。

吹き上がった激情だけで体力を配分せずに暴れたフェルナンは、すべてを倒してしまうと肩を大きく上下させて激しい息遣いを繰り返す。駆け寄ってきたアリスティナの全身を鋭く見て、怪我《けが》がないかと目で確かめた。

「大丈夫？　フェル、怪我とかしてない？」

「そ、これは、こちらの、言い分だっ」

がっと顔を上げると、アリスティナはびくりと戦いて、踵《きびす》を返そうとする。駆け去るつもりだろうが、そんなことを見逃すわけがない。後ろ手を掴んで引っ張りそのまま抱き締めた。

濡れているコートが冷たい。それが許せなくてフェルナンはぎゅうとさらに強く腕を回す。

「フェル……」

「アリス！　どこへ行くつもりだった！」

「どこ……。どこへ……」

口籠る彼女は、身体からすっかり力を抜いていて、フェルナンの腕の中に丸々収まっていた。

ざぁざぁと勢いを増してきた雨が、そんな二人を包んでいる。

フェルナンは片手を上げて、掌《てのひら》でアリスティナの後頭部を後ろから押さえ、自分の身で彼女を包めたらいいのにと願いながらより深く抱き込む。

アリスティナの頭の上にある唇を開いて、フェルナンは呻《うめ》くように言う。

「どこへも行くな……っ」

アリスティナの眼が大きく見開かれ、再びそこに雨ではない滴が溜まってゆく。ただそれは、フェルナンには見えない。涙を気配で感じるだけだ。

彼女は細い腕を上げて、フェルナンの上着の両側を掴むと、寒さと感情の高ぶり、そして涙で震える口元からくぐもった声を出した。

「行くとこなんて、ないの」

フェルナンは目を閉じた。《行くところがない》というアリスティナの言葉は、フェルナンの胸を苦しくさせる。

彼は自分の傷を優しさの裏側に隠していた。アリスティナは眼鏡と染料の後ろに隠して、彼のもとへ来た。そうして二人は出逢ったのだ。互いに孤独で傷だらけだった。

雨によってフェルナンの黒髪が額にくっつく。そこに水滴が溜まってゆく。アリスティナの頭の上に伏せている彼の頭も背中も、すべてが濡れている。冷たい秋の雨。この雨から彼女を庇って覆いたい。

木の下で彼に向かって腕を広げたアリスティナは自分の妻だ。守らなくてどうする。

「僕のところに帰ればいい」

「どこにもないの。どこへも行けないの。誰も待っていなくて」

フェルナンの言葉が聞こえなかったかのようにアリスティナは繰り返した。だから彼も繰り返す。――何度でも繰り返そう、君のために。

「僕だ。僕がいる。僕が感情にまかせて言ったことなんか気にするな。その場限りの言い争いだ。喧嘩《けんか》くらいなんだ。ここが自分の居場所だと言って大きな顔をしていればいい。それだけの権利が自分にはあるんだと主張しろ。おまえは僕の妻なんだからなっ」

「……いいの？　こんなわたしで、いいの？」

「こんな僕だからおまえが……、君が、必要なんだ。傍にいてくれ、アリス」

「……フェル……っ」

小さな声に誘われて、フェルナンはアリスティナの顎をくいと上げる。力いっぱい彼にくっついてくるアリスティナは、ぼろぼろと泣いていた。雨も降っている。二人してずぶ濡れだ。

アリスティナの濡れた髪から少し染料が落ちて、下の色が覗《のぞ》いていた。

――ストロベリーブロンド……。綺麗だ。

確定できた色合いに感動する。けれどやはり、三つ編みになった赤の強い褐色の髪も好きだ。髪がしっぽのようになって後ろ背で跳ねていたあの姿は、彼女に言った通り、きっと死ぬまで忘れられない。

ざぁざぁと降る雨がカーテンのようだ。

ぬれねずみになって、アリスティナに口付ける。深く弄り、何度も角度を変えながら、たっぷりと愛しき者を味わう。雨の味と、涙の味、そして、生涯を共にする伴侶をこの先決して放しはしないという、決意と覚悟の味でもある。

遠くからリックの声が聞こえてくる。たくさんの足音や馬車の音もだ。

夜の家出などもう二度とさせない。許しもしない。門番の規則には、今後〈奥方の外出は伯爵の許しが必要〉という一項目を付け加えておこう。

フェルナンはアリスティナに口付けながらそれを決めた。


雨は明け方に止んで、東の空に太陽の端が顔を出してくるころには雲も切れてきた。

アリスティナを医師に診せてから、フェルナンも自分の部屋でシャワーを浴びた。さっぱりとしたシャツにズボンという出《い》で立《た》ちになった彼は、アリスティナの部屋へ戻って、彼女が規則正しい寝息を零《こぼ》している様子を確認する。

安心して深く息を吐いたフェルナンは、あとをメイに任せて廊下へ出た。

二階の長い廊下の端には、東向きになった出窓がある。彼はそこまで行って窓を開けると、外へせり出した窓枠に無造作に腰を掛ける。行儀も悪く片足を曲げて上げ、背を窓枠へ預けて外を眺める。

なにかを見ようと考えたのではなかったが、案外美しい空に目がいく。太陽の光がたなびく雲に映って薄い紫の光彩を放っていた。

季節が秋から冬へ向かっている証のような冷えた空気が、開けた窓からしんと静まりかえった屋敷の中へ入ってくる。すっきりと気分がいい。

アリスティナはあの路地裏で、フェルナンのキスを受けながら倒れてしまった。緊張と寒さで体力が尽きたのだ。動転したフェルナンは、彼女の名前を叫ぶように呼び続けていた。

青白いアリスティナの顔と、熱を持った体温が、家族を次々と失っていった記憶を呼び覚ました。恐ろしかった。その場にやって来たリックに風邪だろうと言われるまで、自分はどこかおかしくなっていたらしい。

屋敷に戻って、メイが彼女を着替えさせ、リックが町から連れてきた医師に診せた。

『お風邪を召されましたな。肺炎を併発されているようでもありませんので……』

リックが言った通りの診断が下った。どれほどほっとしたことか。

『お若いことでもありますし、暖かくしてゆっくりお眠りになれば回復されるでしょう』

ブローデル伯爵家の威光もあるのだろうが、夜中にたたき起こされたにもかかわらず、それなりにきちんと診察をした医師は、薬を置いてそそくさと帰った。

メイはずぶ濡れのアリスティナをタオルで拭き、髪も拭いて染料は落ちた。わずかに見ていた通りのストロベリーブロンドだ。フェルナンはメイに言った。

『今後は、髪を染める必要はない。眼鏡も壊れてしまった。だからもう、隠さなくてもいいだろう？　僕はどんなアリスでも美しいと思う』

『はい。旦那様』

長い間、主《あるじ》を守ってきた侍女は、フェルナンの言葉を受けてそれはもう嬉しそうに笑った。

フェルナンは、後始末のためにその場にいなかったリックに対して、この笑顔を見せてやれなかったことをちょっとだけ……ほんの少しだが、《ザマーミロ》と思った。

メイは心配し過ぎたのか、すっかり疲弊している。雨の中で動き回ったせいもあるだろう。

しかし、それでもアリスティナが眠るベッドの近くから離れようとしないので、フェルナンが部屋を出ることにした。その方がメイも休める。

「今日はいい天気のようですね」

いきなり廊下側から掛けられた声だが、誰だか分かっているので、フェルナンは窓の外を眺めたままだ。

リックは、雨で濡れた服を着替え、この時間でも執事らしく正装を崩していない。

できる男リックは、経歴の割に、案外素朴で純なところがある。恩義ある伯爵の息子に、その恩を返そうと考えるほどには、まじめで大したやつなのだ。だからこそ、アリスティナに近づきすぎると嫉妬の対象にもなってしまう。

リックのせいではない。フェルナンが自分をコントロールしてそんな感情に捕まらなければ、それで解決する。腹を決め、すっきりした頭で周囲を眺めれば、多くのことが見えてくる。視界がいきなり明瞭になり、開けた感じだ。

フェルナンは誰にともなくぼそりと呟《つぶや》く。

「僕は一体、この数年、何をしていたんだろうな」

「引き籠りでしょうか」

面白そうに答えられて、フェルナンは怒った口調で言い返した。

「たまには外へも行ったぞ」

「国王陛下のお呼び出しは、お断りできませんからね。ワイン蔵へも行かねばなりませんでしたし。あとは、お遊びのことでしょうか？　奥様には内緒にしないといけませんよ」

「遊びといっても、特定な誰かと一緒だったわけでもない。友人もいない。知識を増やしてもいない。経験も積んでいない。僕は、この数年をすっかり無駄にしてしまった」

「ですがまだ十代でいらっしゃいます。そういうときもあるというだけでしょう。十分取り戻せる年齢ですよ」

「……おまえは、もうすぐ三十だもんな」

ぱっと振り返ってにんまりしてやると、さすがのリックも眉を寄せてむっとしたので、フェルナンは大きく笑った。窓枠から軽い動作で下りて、自室へ向かって歩き出す。

「アリスの目が覚めたら食事だな。料理長に柔らかなものを用意させてくれ。彼女が部屋で食べられるようにするんだ。そのあとは、調子を見て、風呂へ入って着替えてもう一度ゆっくり休めと伝えてくれ。アリスと話をするのはそのあとだ」

リックの横を通るときに今後の指示を出す。執事への指示は当主の役目だ。

「話、ですか」

「これからのことを彼女と話す。さて、僕も少し眠るよ。僕の食事は目が覚めてからだ」

「はい」

「髪を染めるのも、眼鏡も、もうなしだとメイには伝えておいた。あぁ、そういえば。安堵したときのメイの笑顔は素晴らしかったぞ。おまえ、見られなくて残念だったな」

「は？　それはいったい、旦那様っ。ちょ、ちょっと、フェルナン様っ、いいですか、メイは私の女神なのですから……っ、あ、いえ、なんでもありません」

え？　……と振り返ったフェルナンは、リックの狼狽《ろうばい》があまりにもらしくなくて、また笑った。鉄面皮で無表情のなんでもできる純な男リックに、女神ができた。

ひとしきり笑ったあと、ふっとそれを収めたフェルナンは、くいっと背をまっすぐに立て、リックを真正面から見る。口元には静けさを纏わせる笑みだ。アリスティナが嫌うあの歪《ゆが》んだ笑いなど気配もなく、余裕を漂わせた男の微笑が、無意識であっても彼の顔の上にのる。

「メイとの結婚式なら、僕とアリスが立会人だな。忘れるなよ」

「まだ当分先になりますね。大人の恋愛はしっとり牛歩なんです。……旦那様。昨日と今日では顔つきがまったく違いますよ」

「子供が大人になるっていうのは、そんなものだろ？　昨日と今日が同じでどうするんだ。じゃな、おやすみ、リック」

フェルナンは片手を軽く上げ、リックに背を向ける。

リックは、主に向かって深々と頭を下げた。

「おやすみなさいませ。旦那様」

優雅な足取りで自分の寝室へ入ったフェルナンは、服を脱いでベッドへ上がる。アリスティナの甘いような香りが残っていないかとふと思うが、リネンも替えられているから洗濯糊の匂いがせいぜいだと、鼻を利かすのをやめる。

（メイがついているから、アリスは大丈夫だよな）

人を信頼して任せるということも、長い間忘れていた。

リック以外の誰かに何かを任せたことなど、この数年の間にあっただろうか。門番もフットマンも、彼がきちんと当主をしていれば、まともな仕事をするというのに。

（昨日、今日、……。顔つきか。明日の顔は、どういうものになっているかな）

自分で自分を楽しむ。これもまた余裕だ。

リックの頬に赤みがさしていたのをしっかり見届けたフェルナンは、アリスティナに、大人二人の〈しっとり牛歩の恋〉をなんといって話そうかと、楽しい想像を膨らませながら眠りに落ちていった。


ふわりと目覚めれば、見慣れたベッドの天蓋がある。アリスティナが枕の上の頭を動かせば、ベッド横に椅子を持ってきたメイが、座ったままで眠っていた。

この明るさならもう昼間だ。メイの様子を見ると、夜中は付きっきりで汗を拭いたり、額に載る水に浸したリネンを取り替えたりしてくれたのだ。

「メイ……危ないわ。それじゃ、転げ落ちちゃう……」

掠れた声が出る。囁きに近かったのに、メイは弾《はじ》かれたように顔を上げ、椅子から立ち上がって、ベッドに寝ているアリスティナを覗き込んだ。

「奥様。いかがですか？　気持ちが悪いとか、ありませんか？　そうだ、お熱を」

額に掌が当てられ、メイは自分の額と同じくらいの体温になっているかを看た。

「……もうお熱は引きましたね。よかった」

「メイの方が熱いくらいよ。目の下に隈《くま》があるわ。わたし、みんなに迷惑を掛けたのね……」

「いいえ、迷惑だなんておっしゃらないでください。奥様、この屋敷にいるのがそれほどおつらいのでしたら、私も一緒に出てゆきます。一人でおゆきになるなど、金輪際！　おやめくださいましね」

ブルーグレイの瞳が潤んでいる。アリスティナの代わりに泣いてきたメイは、誰にも負けない根性としっかり者の名を頭に冠しているというのに、すっかり泣き虫になってしまった。それだけ、アリスティナが甘えてきたということだ。

「出てゆかないわ。だって、わたしはこの屋敷の女主人だもの。ここにいる権利があるの。フェルが、……旦那様が、そう言ってくれたのよ」

「……奥様」

ぼろぼろと涙を溢れさせたメイは、やはり相当疲れている。アリスティナは、メイを安心させようとさらに言葉を繋《つな》ぐ。

「女主人を自称するなら、その役目を果たさなくちゃね。それは、これからかな」

アリスティナが半身を起こせば、編まれていない豊かな髪がさらさらと背中や胸元に流れた。それは、いつもの赤褐色ではなく、本来のストロベリーブロンドだったので驚く。

「髪が……、雨に濡れたから？」

「はい。拭き取りまして、お湯で洗いました。旦那様が《染める必要はない》とおっしゃいましたのでそのままです。眼鏡も壊れてしまったと聞きました」

「そう。壊れてしまったのよ。だから、もう鎧《よろい》はないの。これですっかり本当の自分を晒《さら》すことになってしまったわね」

「とてもお美しいですよ。ただ、長い間染料を使っておりましたから髪が傷んでいるのです。今後は、しっかり髪のケアをいたしましょう。香油と、毎日ブラッシング百回ですね」

百回！　息を呑《の》んでしまった。

「リックは？　彼もずっと起きていたのでしょうけど、呼んできてくれる？」

「はい。ただちに」

メイはリックを呼びにいく。リックが来る間に窓の外を見たアリスティナは、陽光のあまりの眩しさに目を瞬いた。陽が部屋の中に長く射しているのは秋だからだ。

秋、そして冬が来る。そのあとは春だ。夏が来て、また秋。

アリスティナは柔らかく笑った。何があろうと時は過ぎてゆく。変わらないものなどないのだ。フェルナンに言った《このままではいられない》は、彼女にも返ってくる言葉だった。

いつまでも、必要のない眼鏡をして髪を染めたアルデモンド家のアリスティナでいてはいけない。

――わたしは、フェルナン・フォン・ブローデル伯爵の妻、アリスティナ・フォン・ブローデル伯爵夫人。

心にしっかりと言い聞かせる。

リックは、エレガントなフォルムのワゴンに、お茶のセットと簡単な食事の盆を載せて押してきた。ベッド横へ来て深くお辞儀をする。

「熱が下がられたと聞きました。お目覚めになられましたらお食事をと、旦那様が。料理長が腕をふるったスープでございます。栗《くり》も入っているそうですよ」

アリスティナは、ぱっと顔を輝かせる。言われてみればすごくお腹が空いていた。

「ありがと、リック。でも先に言わないとね。ごめんなさい。みんなをたくさん走らせてしまったのでしょう?」

「すべては仕事のうちですから、お気になさいますな」

できる男は、軽く返して微笑む。

「……あの、旦那様は?」

旦那様と呼んで頬を少し赤くした。リックは目を細めて彼女を見る。そして静かに答えた。

「眠っておられますよ。朝方ベッドに入られましたから、夕方までは眠られるでしょう。奥様がもう一度眠られて休まれてから、お話をしたいと言われていました」

「話……どんな?」

「さて、私には分かりません」

リックなら分かっていることもあるだろうが、彼は何も言う気はないようだ。アリスティナもまた、それ以上問う気はない。

夜に屋敷を出たことの小言かもしれないし、言い争ったことを決着させるための断罪かもしれないが、すべてを受け入れるつもりがあるからフェルナンの言葉を待つだけだ。

「奥様。私をお呼びになられましたね。なにかご用がありましたか？」

「あのね、メイを休ませてほしいの。前に侍女を増やすという話があったでしょう。それをもう一度考えてみてくれる？」

「奥様っ。私に何か不足がありましたでしょうか」

リックの横に立って、給仕をしようとポットを持っていたメイが、驚いて声を上げた。アリスティナはそんな彼女に顔を向けて笑う。

「違うわよ。メイにばかり頼ると、メイが倒れちゃいそうだもの。そうでしょ、リック」

「そうですね。実は、メイには、この屋敷のハウスキーパーとして従事してほしいと考えています。旦那様には、もうお話しました。そのときに〈侍女〉から外れることになりますから、早いか遅いかだけですね」

「え？　リックさん、それは私には無理だってお断り……」

「いいわ、それ。メイならできるわ。わたしが保証するからっ」

戸惑うメイの声に、アリスティナの言葉が被さる。

ハウスキーパーと呼ばれる家政婦は、さまざまなことを奥方と相談しながら決めてゆき、屋敷の中の管理を実務としてやってゆく者だ。

上級使用人であり、給金を始めとした待遇はぐっと良くなる。水周りまで設《しつら》えられた個室が与えられ、お仕着せではなく自分の服で仕事に就くのを許されている。

それだけの重い役回りでもあるのだが、メイならきっとできる。

リックも頷いて、アリスティナの主張を肯定した。

「侍女の選別はしておきます。ただ、すぐには無理なので、メイに食事と入浴の世話をしてもらってください。今すぐどうこうすると、メイはきっと扉の外で立っていますよ」

「でも、メイ、ほとんど眠っていないのでしょう?」

「これくらい、アルデモンド邸にいるころは当たり前でした。お世話をさせてください」

ニコリと笑ったメイの顔を見上げて、アリスティナはもう何も言えなくなった。ずっとこうやって守られてきたのだ。これからは、メイのためになることを考えたいというのに。

するとリックが忠告してくる。

「そういうふうにお考えになってくださるのは、執事としても助かります。ただ、急ぎ過ぎては無理を通すことになりかねません」

急ぐよりも、着実に――と言われる。アリスティナはこくんっと頷いた。

あとをメイに任せて、リックはアリスティナの部屋を出て行った。アリスティナは、食事をして、入浴も済ませ、着替えてまたベッドだ。

熱が下がったとはいえ、昨夜は発熱していた彼女だから、それだけのことで体力を使い果たしてしまった。昼間の太陽が夕陽に変わるころには眠気が来る。軽い夕食を取って薬を飲むと、そこまでが精いっぱいだといわんばかりに自然と瞼《まぶた》が下りてきた。ころんと横になる。

「メイ……、休んで。ね、お願い」

「はい。奥様。心配をお掛けしてはいけませんから、私も、もう休みますね」

明かりを落としたメイは、静かに部屋を出て行った。一人になったアリスティナは、眠りながらフェルナンのことを考える。

雨に濡れた黒髪が額に掛かっていてとても素敵だった。乱暴者たちを叩きのめしたフェルナンの強いこと。雨に濡れた服は、下にある筋肉の確かさを感じさせていた。

あの胸に縋り付いてたくさん泣いてしまった。

（あの涙は、悲しいからではないし、嬉しいっていうのとも違う。胸がいっぱいになって、いろいろな思いが溢れて零れたような感じだった……）

さまざまな感情が自分の中で渦を巻いた。いまもそうだ。フェルナンのことを考えると、胸の奥がジワリと熱くなる。泣きたくなるような気持ちにもなる。これが人を好きになるということなのだ。その人のことを知りたい。声を聞きたい。顔を見たい。

――逢いたい……。

すると、そういう気持ちに呼応したかのように、廊下側ではなく、フェルナンの部屋へ通じるドアが開いて、入ってきた者がいる。

重い瞼を上げれば、ガウンを羽織ったフェルナンがベッドの横に立っていた。

「フェル……、じゃなくて、旦那様。なにか……」

「起きなくていい。顔を見にきただけだから。それと、二人きりのときは、今までどおり《フェル》がいいな」

言われてすんなり口に載せる。

「フェル」

二人きりのときには……という秘密めいた言葉が嬉しくて、目を眇《すが》めて笑う。するとフェルナンは、眩しそうに瞬《まばた》きを速めて、そっと彼女から視線を外した。

「……フェル？」

ベッドの横端に腰を掛けたフェルナンは、リネンの上に広がる彼女の髪に手を伸ばす。ストロベリーブロンドを一房掬い上げると、自分の口元へ持っていき、そこに口付けた。

眠気も吹っ飛ぶような甘い仕草だ。黒い髪がさらりと揺れて、上げられた彼女の髪に触れたのを薄暗い中で見た。鼓動がどきどきと早まる。

「君は、自分がどれほどすごい瞳をしているか知らないんだな。見つめられると、卒倒しそうになる。髪も素晴らしいよ。そんな君にベッドで名を呼ばれると、見境もなく抱きたくなる。まだ、病気中なのに手を出してしまいそうだ」

「……」

どう答えていいか分からない。けれど顔はぼんっと音でも出るような忙しさで上気した。

フェルナンは笑って上半身を倒し、彼女の頬に口付ける。そして首筋だ。アリスティナは、くすぐったくて首を竦《すく》める。まだまだそういうお誘いに慣れなくて、上手《うま》く応えられない。

耳たぶを舐めながら、フェルナンが囁く。

「綺麗な髪だ。隠しておいたなんて、僕は、妻に関しては幸運だな」

「幸運？　なぜ？」

「誰かが手に入れる前に、僕のところへ招き寄せられたから」

なにかを答える前に、唇が合わさってきた。軽い接触だったものが、次第に合わせが深くなる。フェルナンの唇が柔らかく押してくれれば自然に口が開いた。舌が潜って口内を探られる。

「ん……ぁ、……」

くちゅりと音がするような合わせだったが、その先へは進まず、彼は身を起こした。

「まだ熱っぽいな。ごめん。また無理をさせるところだった。眠ってくれ」

「そんな……。フェルがいるのに、眠れない」

「眠れるさ。手を握っているから。こうして」

上掛けから外へ出てしまった右手を、彼の両手が包む。温かな手だ。

「まだ眠りたくない」

「医師が出した薬を飲んだろう？　眠る薬が混ぜてある。眠ってくれ。明日、話そう」

「難しい話？　わたしがフェルにひどいことを言ったから、そのことなの？」

「アリスはひどいことなんて言っていない。当たり前のことを口にしただけだ」

眠くないと言いながら、温かな手に誘われてアリスティナは目を閉じる。

「すまなかった、アリス。一人で出ていかせた僕を、許してくれるかい？」

「許す？　……悪いのは、わたし、なのに……」

「では、昨日の言い争いは互いに反省したとして、水に流す。それでいいかい？」

「うん……」

〈はい〉だった、と気が付く前にかくりと寝入った。温かな手はずっとそこにあったと思う。

フェルナンに優しい眠りをもらった夜だった。


翌日。アリスティナはすっかり回復して、朝の目覚めもよく、さわやかに起き上がった。

フェルナンは夜中に自分の部屋へ移動したようだ。朝、ベッドの中で一人だったのが少しさびしい感じだった。

メイもきちんと眠ったようで、彼女の部屋へ来たときの足取りが軽い。それも嬉しい。

用意された今日のドレスは、秋に色付く銀杏《いちょう》の葉の色を主体としていた。光沢のあるタフタ生地の上スカートが美しく膨らみ、細かなフリルが首回りと腕周りをたくさん飾っている。

朝食も昼食も美味しく食べられた。フェルナンとはすれ違いだったが、三時のお茶の時間を一緒にとお誘いが来て、一階の特別サロンへ向かう。

ブローデル伯爵邸は王都屋敷でも豪勢に広く、一階にサロンが数部屋ある上に、温室を備えた応接室もある。そこが特別サロンだ。

植物を育てる温室ではなく、庭へ半円――正確には八角形の半分だ――に大きく張り出していて腰から上部分の壁はガラス張りになっている談話室だ。暖炉もありソファセットもあり窓側はその談話室という、なかなか贅沢《ぜいたく》な設《しつら》えになっている。

アリスティナが廊下側からその部屋の両扉の前に立てば、待機していた近侍がこんこんとノックをして、中にいるフェルナンに彼女の来訪を告げる。ガチャリと開けられた扉から中へ入れば、扉は閉まり、奥の談話室に立っているフェルナンと二人きりになった。

フェルナンは八角形になっている壁の窓から外を見ていたが、彼女が室内に入ると振り返ってくる。

後ろには明るい緑が眺められ、それを背にした彼は、端麗な顔に笑みを浮かべて彼女が近づくのを待っていた。

（――？　感じが少し変わった？）

アリスティナは〈変化〉に敏感だ。フェルナンは前より大人っぽくなっている。彼女からすれば不可思議な迫力のようなものが、彼の周囲の空気に混ざっていた。

口元に笑みを浮かべていたフェルナンは、アリスティナを見て眼を大きくすると、ぐっと唇を引き結んだ。

眼鏡もなく、傷んでいるから髪は必要なときだけ結いましょうと言われて、両横を少し結んだだけであとは背中に広がっている。染めていない髪だから本来の色合いだ。

笑みを失くしてしまったフェルナンの目に、自分がどう映ったのか、急激に不安が膨らむ。けれど、もうアルデモンド家のアリスティナではないと自分に言った。この姿も、できればフェルナンに認めてほしい。

彼のすぐ前まで行き、スカートを摘まんで当主に対して礼を取る。上手く会釈できただろうか。フェルナンはアリスティナを凝視していた。彼女は戸惑って声を出す。

「フェル。どこか変かしら、わたし」

フェルナンは、はっとして何度も瞬《まばた》きをしてから、微笑を浮かべる。

「まじまじと見てしまったな。君があまりにも美しくて。夜、ベッドで見ていたから十分予想できていたのに、陽の光があるところで目の当たりにすると、また違うな。すごく綺麗だ。気圧《けお》されるよ。特に瞳が。真剣に僕を見てくる君の瞳は、魅惑的な上に、常に前を向こうとする心を映していて引き込まれそうになる」

臆面もなく言われて、アリスティナは頬をうっすら上気させる。褒められるのは嬉しいが、こうも真正面からだと、どういう顔をしていいのか困ってしまう。

「そ、それを言うなら、フェルもとても素敵よ。なんだか大人っぽくなった感じで落ち着いていて格好いいし……、あ、格好いいのは前からだけど」

言っているうちに視線が絡んで笑い合う。優しさで満ちたこのときが、愛おしい。

「君に話がある」

「はい」

窓辺で立ったままだが、それでいいと思う。彼を見上げているこの位置は、ローテーブルを挟んで向かい合って座るよりも近い。

そうしてフェルナンは、確たる口調で言った。

「外へ出よう。社交界へ出て、貴族界に僕らがまともな人間であることを認めさせよう。領地へも行こう。僕が領主であり管理者であるということを、領民に周知させるんだ。君が伯爵家の奥方であることも、皆に知らしめよう」

すぐに言葉が出なかった。彼のうちにある傷だらけの心は、まだ癒えていないはずだ。だからこそ、言い争いになった。

「フェル……、いいの？」

「君も一緒だ。ブローデル伯爵夫妻として、外へ出る」

「わ、わたし、……きっと上手くできない。フェルはずっと伯爵様として過ごしてきたし、幼いころからたくさん教育も受けてきたのでしょう？　短期の留学もしたって聞いたわ。でも、わたしは……きっと、あなたが恥をかく」

言っているうちに哀しくなってしまった。でも俯くことはしない。フェルナンが彼女を見ていてくれるからだ。本当の自分を晒しても、視線を外さない人が前にいてくれる。

フェルナンは鷹揚《おうよう》に笑う。

「すぐに、とは言っていないよ。準備の時間も取る。僕にも準備は必要なんだ。家庭教師を入れよう。ダンスの教師も、会話の教師も雇おう。君には、淑女としての礼儀作法や、貴族家の女主人としてどうすべきかを教えられる人を。僕には領主としてどうやって領地を管理してゆくか、それを伝授できる人を。この屋敷に招く」

望んでいても得られなかった知識を得る機会が示される。自分に足りない部分を埋められるかもしれない。アリスティナはフェルナンを凝視する。

「年が明けたら、この屋敷で夜会を催す」

「ここで……夜会？」

こくりと喉が鳴る。年が明けたら、ということは三か月くらいしかない。

緊張で身体が強張《こわば》った。たくさんの人の前へ出る。それは人を怖いと思う彼女には、相当な覚悟が必要だ。

「アリスは、王宮舞踏会でデビューしようとしていた。自分とメイのために。夜会はそれよりも人が少ないんだ。そこで試そう。その次は舞踏会だ。他家の催しにも出席する。立ち上がって外へ出るんだ。準備万端整えてゆく。ドレスもたっぷり作って宝石も揃えて、できる限りの自分を仕立てて、打って出る」

フェルナンはアリスティナの右手を下から取って、すっと上げた。

「明日のために。いつか僕たちの間に生まれる子供たちのために。この家に仕える皆のために。領地で働く領民たちのために。伯爵夫妻として外へ出よう」

フェルナンの頭が少し下がり、彼はアリスティナの手の甲にキスをする。

「君が必要だ。君がいればこそ、それができる。君を守ろうと思うから立ち上がれる。愛している、アリスティナ」

手はそっと返されて、掌に彼の唇が移った。

手の甲への口付けは尊敬と敬愛のキス。掌へのそれは、愛の懇願――求愛のキスだ。

両目をいっぱいに見開いたアリスティナは、唖然とした面持ちでフェルナンの黒い頭髪を見ていた。閨《ねや》のときの愛撫《あいぶ》とは違う。想いが溢《あふ》れて外に出ている。それを見ていた。

すうっと上げられる彼の整った顔、そして空と海を内包したような紺碧《こんぺき》の瞳。魅入られたようにして目が離せない。

アリスティナの眼に涙が溜まる。悲しみによって溢れるのではない。愛していると告げられた。これこそが嬉しくて零れる涙であり、外へ出る想いだ。彼を想う心がほろほろと頬を伝う。

希望を持って未来へ向かおうとする夫に、アリスティナは泣きながら答える。

「あなたを、愛しています。フェルナン。わたしをあなたのところへ導いてくれて、ありがとう、フェル」

「アリス――」

彼の両腕がアリスティナの身体を回って抱き締められた。強く抱いてくる彼に、彼女も腕を回す。フェルナンの背中は大きい。そこに腕を回して抱き合う。

すっと上半身を放されて口付けられる。激しく合わさり、互いの舌を絡めて貪り合う。気づけば近くのソファに倒されていた。フェルナンの手が、ドレスのホックに掛かってそれを一つ一つ外そうとする――ところで、コツコツと扉をノックする音が。

そんなものには構ってはいられないと、フェルナンはアリスティナに再び口付ける。するとまたごんごんと扉が叩かれる。

「フェル……あの、誰かが」

むぅっと怒った顔になったフェルナンは、部屋を横切った遥かな向こうになる扉へ顔を向け、不機嫌さも顕わに応えた。

「誰だっ」

「リックでございます。昨日募集いたしました教師たちが面接に来ていますが。お会いになると言われていましたよね。職業斡旋所から数人と、探してくれるよう頼んだ弁護士事務所からも二人、それと……」

アリスティナは、自分に乗り上げていたフェルナンの顔がむちゃくちゃ顰められたのを見て、声を上げて笑ってしまった。

そうして二人、長椅子から起き上がる。始まったのだ。

立ち上がるんだ。

外へ出よう。二人でなら、なんとでもなる。

家庭教師がやって来る。アリスティナはどんどん忙しくなった。頭の中に入れなければならない知識の多さに眩暈《めまい》がしそうだ。

ダンスなどは身体を目いっぱい動かして、頭よりも肉体に叩き込む。

母親を亡くしてからの六年間に学ばねばならないことを、三か月で習得するのは思った以上に大変だ。けれど楽しいのも本当だった。前々から知りたかったことの答えが得られてゆく。

くたくたに疲れて、夜ベッドに入れば、毎日のようにやって来るフェルナンに学んだばかりのことをたくさん話した。

『舞踏会で、同じ男性と四回以上続けて踊るのはマナー違反なのですって！　フェル、知っていて？』

『それは、知ってる。ものすごく基本だ』

『だって……』

口籠れば、彼はアリスティナの頭にポンポンと手を置いて笑う。フェルナンの笑顔は、あの雨の日以来、すごく大人っぽい感じになっている。

『楽しそうだな』

『えぇ！　とっても！』

『それだけでも、こうしている意味があるな』

やっぱり優しい。

どんどん過ぎてゆく時間が速すぎる。もっとゆっくり積み上げてゆきたい。けれど、フェルナンが目標として掲げたのが来年だから、まずはそれを目指す。

『夜会を失敗したらどうなるの？』

『不名誉な噂が増えるだけだ。最初に言われたのが〈死神伯爵〉だからな。大したことはないさ。また初めからやり直す。君は、その美しさで何があってもほぼカバーできるから、そう心配するな』

うーんと唸《うな》って考えるアリスティナの夜着を脱がしている最中だったフェルナンは、彼女の首筋を強く吸う。

『ん……っ、あ、なに?』

『こうしているときは、僕に集中しろ』

怒った顔で言われて、アリスティナは笑ってしまった。すると、機嫌を下降させたフェルナンにすっかり乱されてしまう。たくさん声を上げ、蜜と精に塗れる夜だ。翌朝にはメイから交代した侍女たちの世話になるというのに、恥ずかしいことこの上ない。

けれど彼と交わるのはとても好きだ。得られる快感が次第に深くなっているような気がして困る。アリスティナの方がほしくなる夜もあって、困る。

家庭教師が入れ替わり立ち替わりやって来る合間に、ドレスの仮縫いだ。最初のころと胸のサイズが違ってきているということで直しを入れたり、髪と瞳の色がはっきりしたので、それに合わせて新たな物を作ったりしてゆく。

『奥様は美しくていらっしゃるので、お世話をする私たちもすっごくやりがいがあります』

毎晩のブラッシングを担当している侍女はそう言って頑張ってくれていた。

ドレスの着付けも侍女の手を借りないといけないが、彼女たちも新しいドレスができてくる度に、着脱の勉強会をしているという。

屋敷は一気に華やいだ。動いているという気配が空気に混ざり、外へ向かって膨らんで、気持ちを高揚させてゆく。

『女主人って、こんなに仕事が多いなんて知らなかったわ。ね、フェル。貴族家で開かれる晩《ばん》餐《さん》会は、女主人が開催するんですって。席順を決めたり、会話が途切れないようにしたり……、わたし、大丈夫かしら……でもやるしかないのよね』

『だから、アリス。こういうときは、僕に集中――もう、好きにするぞ』

『え？　好き？　……好きよ、フェル。大好き』

笑って見上げたら、ベッドの上で彼女に覆い被さっていた彼はものすごく複雑な表情をした。

その夜は息も絶え絶えになるほど激しく抱かれた。

『あ、だめぇ……っ、あん、あ……』

『何度でも達《い》って見せて、アリス。――アリス……っ』

ベッドのリネンをたっぷり汚した。するとフェルナンは彼女を抱いて自分のベッドへ運び、そこで二人で眠る。そんな日々だ。

かつてあこがれた素敵な貴婦人になりたい。もちろん、貞淑と貞節を身に着けた淑女でもあるわけで、それがアリスティナの目指すところだ。

フェルナンも忙しい。彼は通常の紳士としての勉学の他に、財務も学んでいるらしい。帳簿を見るのが必要になっているからだという。

貴族はそういったことを、家令とか、顧問弁護士などに任せて自分ではしないはずだが、昨今は、事業に手を出す者も増えてきて、人任せにしてはいられない家も多いらしい。彼女が読んだ最近の新聞に書いてあった。

家令は執事よりも上位の使用人だ。ここはリックを家令に上げて任せてもいいのではと本人に言ってみたら、さすがの彼も帳簿などはまだ勉強中だという。四年前までは、国外で全く別なことをしていたから《机仕事にやっと慣れてきたところなのです》と言って笑っていた。

屋敷の者たちが、自ら目標をもって学びながら動いている。新米の従事者が多い。伯爵夫人のアリスティナだって、新米だ。

新たに雇い入れた者もいれば、逆に、付いていけないからと去ってゆく者もいる。それはどうしようもない。フェルナンは一人一人と面談して、紹介状を書いていた。

ブローデル伯爵が動き出したと知るや、銀行から人が来たり、弁護士が会いにきたり、他にも彼と話がしたいという者がどんどん増えてきていると、新米のハウスキーパーであるメイが話してくれた。

結婚したときにサインをした書類に書いてあったブローデル伯爵家の財産はかなりのものだ。人々が寄ってくるのも無理はないかもしれない。若きブローデル伯爵が動き始めたのを、社交界よりも前に経済界が察知した。さすがに、鼻が利く。

領地からの品目には農産物の他にワインがあり、所有するワイン蔵は世界的に有名なのだそうだ。そういった面からも、フェルナンに逢いたがる人間は多いという。

ただ、彼自身は、滅多《めった》に人と逢わない生活をしていたこともあり、気疲れは相当なものになっていると思うので、アリスティナは少し心配だ。

夜、遅くに彼女のベッドへ潜りこんできた彼が、アリスティナを抱きしめるだけですぐに寝入ってしまうときもある。二人で一つのベッドに並んで眠るだけ。そういうのもいい。

アリスティナより先に眠ったフェルナンの顔を眺めているのが好きだ。長い睫毛《まつげ》と、その陰影に見惚れる。通った鼻筋とか、少し開いた唇とか。眺めているうちに彼女も眠る。

フェルナンの近くにいるのが、怖いくらい当たり前になってゆく。

逆に、《疲れがたまると、ものすごくアリスを抱きたくなるんだ》と言われて、明け方まで放してもらえない夜もある。

その翌日、昼過ぎまで起き上がれなかったアリスティナに、見舞いに来たリックが《旦那様もまだお若いので、暴走しがちになりますね》と囁いて微笑した。彼女は上掛けに潜りこんで真っ赤に茹《ゆ》だってしまった。

そんな日々が、どんどん過ぎてゆく。季節は冬に入った。

議会のために領地から王都へ戻ってくる貴族も増えていると家庭教師から聞く。本格的なシーズンは春の王宮舞踏会からだが、降誕祭を王都で迎えようという貴族家も多い。

「雪だわ」

その日、この冬最初の雪が大地に舞い降りた。

みるみる積もってゆく様子を特別サロンの温室から眺めていたアリスティナは、ふっと外へ出たくなった。振り返って、お茶の用意をしている侍女に尋ねる。

「先生はまだいらっしゃらないのね」

普段の言葉遣いも気を付けている。少しずつでもできているだろうか。

いまからの講義は、王家に近い貴族家について、系譜や裏事情を聞くというものだ。舞踏会や晩餐会などで話題に出たときに《知りません》では通らない公的事情だという。

三人付いた侍女の中で、もっとも若い者が今日のアリスティナの行動にくっついている。こうして、常に侍女を傍に置いてくださいというのはメイからのお願いだ。

「はい、奥様。この天候では、遅れてしまわれるかもしれませんね」

「少し外へ出ているわ。雪を手で受けてみたいから。先生がいらしたら、呼びに来てね」

「では奥様、コートをお召しになってください。そうでないとメイさんに叱られます」

「メイったら、だんだんらしくなるわね」

くすくすと笑ってしまった。では、自分は？　不安は常にある。

昼間のドレスの上に侍女が用意してくれた白いロングコートを纏《まと》う。フード付きだ。玄関扉から外へ出るときに、ここだけは一人で行くからと伝える。

向かった先は、以前フェルナンが見せてくれた鳥の巣のあった木の〈うろ〉のところだ。雪が降ったので、あの巣がどうなったのか気になった。

外へ出れば、まだ細かな雪が降っていて、さすがに寒い。けれどアリスティナはサクサクと歩いてそこへ向かう。久しぶりに一人で動いているのが気持ちを浮き立たせ、動きも軽い。

そうして、静かにそっと覗き込んだ〈うろ〉の中は、巣はあっても空っぽだった。

「……いないわ」

「巣立ったんだよ。群れを作って越冬するはずだ。そういう種の鳥だから」

「フェル」

いつの間に、という感じで後ろに立っている。

「馬車で玄関へ向かう途中で君を見つけて、その場で下りて歩いてきた」

笑顔が綺麗だ。ベージュのコートを着ているフェルナンは、すっかり紳士に見える。

では自分は？

アリスティナは、コートのスカート部分を少し摘まんで、淑女の会釈をする。

「お帰りなさいませ、旦那様。雪が深くなる前に帰られてよかったです」

ゆっくり背を起こしてニコリと笑う。まだおぼつかない感じだが、前よりは上手くできていると思う。《どうだった？》という意味を込めて小首を傾けてみると、フェルナンは口元を押さえて目を伏せた。

（……？　頬が赤い？　寒いからかしら）

視線を外されたので上手くできなかったのかとへこみそうになる。

ところが、フェルナンは感嘆のため息とともに彼女を手放しで称賛した。

「美しいな、君は。動きも、前よりずっと優雅になってきた。努力の成果だろうが、そういう可愛《かわい》い仕草も教えてもらったのかい」

「可愛い仕草？」

「こう、首を少し傾けて……前もしていたかな。メイと一緒に笑っていたとき。いや、気にしないでくれ。僕が目を離せなくて困るというか、雪が頭に掛かってあまりにも美麗というか。天使か女神かっていう……」

ぼそぼそ言いながら、彼はアリスティナが後ろに退けていた白いコートのフード部分を両手で摘まんで、彼女の頭を覆うようにそれを被せた。

きらきらしいブロンドに赤みが薄く塗されたような髪は、奥方らしく頭の後ろで軽く結っているが、顔の両横の髪は肩から前へ流していた。

それがフードから零れ落ち、外へ出ている。グラデーションを描いたエメラルドの瞳と相まって素晴らしく印象的な姿となっていた。

鏡があるわけではないから、彼女自身には分からないことだ。もっとも、アリスティナは、元から自分の容姿に自信がないので、鏡で見たとしてもフェルナンと同じ感想は持ちえないのだが。

フェルナンは、ふぅ……っと、肩を落とし気味にして、深く長い息を吐いた。

「──……可愛すぎる」

「フェル？　なにか言った？」

「いやっ、いいんだ。僕が悪い。雪の中でも押し倒したくなるとか、我慢するのが大変とか、僕の問題だからな……。君はそのままで。いいかい。勉強もいいが、僕との時間を忘れたり削ったりしたら、お仕置きだから」

ぶつぶつ言っていたかと思うと、フェルナンは、ぱっと顔を上げる。アリスティナには最後の方しか聞き取れなかった。

「お仕置き？　なにをするの？」

「そうだな。僕をたまらなくさせたから、今夜はお仕置きの予行演習をしてみよう」

「え？　そういうものなの？」

疑問符だらけになってしまった。まだまだ分からないことは多い。

すいっと寄ったフェルナンが、アリスティナの手を取って自分の曲げた肘に掛けさせる。二人は腕を組み、並んで屋敷へ戻ってゆく。空からは雪、身を包むのは冷えた空気だ。けれど二人で歩くのだから、一人が凍えても一人が温められる、一人が滑ったとしても一人が支えられる。

「夜会の日取りが決まった。年明けに招待状を出して、一か月後、二月の三日だ」

ドキンっと鼓動が鳴り、くっと前方を睨《にら》むようにして見てしまった。唇をそっと舌で濡らしてきゅっと噤《つぐ》む。

「準備万端整えて……って、できる限りになるわ、まだ」

「それでいいよ。夜会には、君の姉上と兄上も招く。姉上はベケット伯爵夫人として、兄上は、アルデモンド伯爵家の嫡男としてだ」

横を歩く彼の顔を、はっとして見上げる。心臓がきゅうと絞られたような気がした。これは恐怖の予兆だろうか。

歩みが止まって、フェルナンはアリスティナの両頬に手を当ててきた。手袋越しでも、温かな掌だ。

「乗り越えないといけない。避けては通れない道だ」

越えなくてはならないのは、自分の中にある人への恐れだ。恐れを抱く人間たちの最前線で待ち構えているのが、姉と兄だ。外へ出れば、社交界の集まりで何度も顔を合わせることになる。避けては通れない。その通りだ。

くっと奥歯を噛みしめる。了解の意味を込め、アリスティナは深く頷く。

「君は、強い」

微笑んでアリスティナに口付けてくれる夫は、彼女にとって世界でいちばん優しい人だ。フェルナンが傍にいてくれるなら、きっとどんな壁でも乗り越えられる。

「あなたがいてくれるから、逃げださずにすむんだわ」

雪降る中で、ストロベリーブロンドを揺らし、深緑の瞳を輝かせて、アリスティナは鮮やかに笑った。

第四章　お披露目《ひろめ》の夜会

　年が明け、夜会の準備が本格化してきた。アリスティナの用意も佳境に入る。仕立て上がったドレスに合わせて宝飾品も決まり、すべてを着付けた状態で動きの練習も始まった。

　フェルナンは、失敗してもまたやり直せばいいと言ってくれるが、やはり躓《つまず》きたくはない。屋敷の中の者もほとんどが初めての夜会になる。皆で何とか乗り切れるようにと願う。

　起床してから侍女の手で昼間のドレスを着付けられているアリスティナのところへ、ハウスキーパーとして動くメイが来た。生き生きと働くメイは、このごろとても綺麗になっている。

「奥様。夜会のメニューについて、料理長から承認の催促がきています。お酒類はリックさんが選んだものを旦那様がチェックされましたが、お料理については奥様のご意見も欲しいということですので、お願いいたします」

　夜会は立食であり、ホールの続き部屋に用意されるが、何をどれだけというメニューは酒類と同じで、最大級の注意が必要とされる。メニューは何度も修正され、そのたびにアリスティナのところへ確認がきていた。

　料理長にしても、試行錯誤をしながら考えている。なんとか応えたい。ただ、知識は増やしてゆけるが、経験値の不足はすぐには補充できない。

「メニューの明細も、もらったわ。でもね、味とか見た目とかは想像できなくて。だって、見たことないもの。食べたこともないものがほとんどだから」

「そうでございますね」

二人で笑い合う。かつては、食事ができているだけでもよしとしたい毎日だった。

「料理長を信頼して任せると伝えて。毎日の食事の中に、予定するメニューの料理を一品ずつ混ぜてくれるといいわね。そうすれば味も見た目も分かるもの」

「はい。そのように伝えます。……奥様。今日のお召し物もとてもよくお似合いですわ。それは生地を織らせるところから作られたドレスですね」

蚕《かいこ》を選んで……という、《まずそこから？》と驚きで目を丸くする贅沢《ぜいたく》さを、フェルナンはアリスティナのためにいとも容易く選択する。

『そこまでしなくても。ドレスもずいぶん多くなったわ。蚕からというなら、フェルのディトーズをそういうふうにするというのはどうかしら』

『僕のはそれなりに揃えている。君に贈るのは僕がそうしたいからで、笑って受け取ってくれるのが一番嬉しい。君は何でも似合うし、美しいし、飾りがいがあって楽しいんだ』

特別サロンでの会話だ。お茶の時間を一緒にというのは、ディナーと同じで、いつのまにかフェルナンが屋敷にいるときの暗黙の了解となっていた。

こうして生活のリズムができてゆくのだろう。外の庭がよく眺められる特別サロンは、アリスティナのお気に入りの場所の一つとなっている。ちなみにもう一つは屋根裏部屋だ。

美しいと言われるといささか照れる。いつまでたっても讃辞《さんじ》には慣れない。

するとフェルナンは、そんなアリスティナの心情を察するのか、ときおり重ねて言う。

『眼鏡を掛けて、染粉で赤くした髪を三つ編みをしていたときの君も、もっと飾れば良かったな。考えてみれば、あのへんてこな姿でいてさえ綺麗だった。野暮ったくてもね』

彼があのころのアリスティナをとても大切に思ってくれていると分かるので、嬉しいような気恥しいような気持ちになる。

同じ姿をしても、あのころの自分とはもう違ってしまうだろう。道に迷った子羊のようだったアリスティナは、家族の誰にもまともに顧みられなかったが、こうしてあの姿を懐かしんでくれる夫を得て、本当にずいぶん変わってきたと思う。

彼女に結婚相手を選択させた父親にも、針を含んだ物言いでアリスティナのことを吹聴して、あげくに他の縁談を阻《はば》んでいた姉にも、今となっては感謝したい。それがあるから、フェルナンに出逢った。

「できあがりましてございます」

着付けていた侍女の声ではっと我に返る。

「では奥様。私はもう失礼いたします」

「ええ。忙しいものね。でも、休みも入れないといけないわよ、メイ」

「はい。奥様も、ご体調だけは十分お気をつけくださいませ。みんなも、奥様のご様子には気を付けていてね」

「「はい。メイさん」」

侍女たちに注意を促すメイは、ハウスキーパーとして貫禄までついてきた気がする。

メイが衣装室を退出しようとすれば、廊下側からドアがノックされた。アリスティナが誰何《すいか》を了承する意味で頷くと、メイはドアの外へ向かって声を掛ける。

「どなたでいらっしゃいますか？」

「リックです。奥様はこちらですね？　お支度が整われましたら、一階の特別サロンへ来るようにと、旦那様が仰《おっしゃ》っています」

着替えは終わっている。アリスティナが再び頷くと、メイは扉を開いた。そこに立っていたリックは、アリスティナへ腰を屈《かが》めてから付け加える。

「旦那様の叔父上になられる、ジョージ・ブレナン子爵様がいらっしゃっています。旦那様が、ご挨拶をするようにと」

どきりとする。勉強して知識を溜め、立ち居振る舞いも訓練して、ここで初めて外部の人と逢うことになった。しかも、フェルナンの血縁者だ。

臆するなと言われても竦《すく》んでしまうのは仕方がない。一瞬、彼女の顔から表情が消え、言葉を失くして沈黙が落ちた。しかし、夜会の前というのはタイミングとして悪くない。成果を試すことができる。

侍女たちも、メイもリックも、彼女を見て返事を待っている。アリスティナは皆を見回して、不自然な沈黙をかき消すような綺麗な微笑を浮かべた。

『微笑みは武器でございますわよ。奥様のようにお綺麗な方にとっては特に』

礼儀作法の先生が言っていた。

『作ったような笑い顔ではいけません。鏡を見て練習なさいませ。自然な笑みこそが、最強。女主人の美しい笑みは、屋敷に仕える者にとっても、伯爵様におかれましても、明るい未来を垣間見せるよすがになるに違いありません。どうぞ、お心におとめくださいまし』

年季の入った教師は、社交界で散々揉まれて傷つけられ、心破れて長く領地へ退いていた男爵家の奥方だという。

貧しさが忍び寄ってきたので家のために王都へ戻って働いているが、微笑みだけは絶やさないつもりだと笑った。年齢の高さが年輪を表すような、奥深く美しい笑みだった。

アリスティナの胸のうちには、教えを齎《もたら》すさまざまな言葉が日々重なってゆく。その通りだと納得することは実行に移すのみだ。

彼女は微笑したあと、落ち着いた声音で周囲に言う。

「支度が終わっていてよかったわ。お待たせしなくてもすむものね。まいりましょう」

彼女が動き出すとリックがそのあとを付く。残ったメイと侍女たちが深々と腰を折って伯爵家の奥方アリスティナを見送った。

温室のある特別サロンの前まで来ると、ブレナン子爵のものだと思われるしゃがれた声が廊下にまで漏れていた。興奮しているのか、かなり大きな声だ。

「ずいぶん野暮《やぼ》ったい娘だそうだな。アルデモンド家の鼻つまみ者とか……。そんな者をこの由緒あるブローデル伯爵家へ迎えたあげく、ドレスにしろ宝石にしろなんでも買い与えているというではないか。ブローデル家からすれば小遣い程度とはいえ……」

リックがちらりと彼女を見てくる。後ろを付いてきた彼は、アリスティナの来訪を告げるために、今度は前に立って扉をノックしようと手を浮かせたところで動きを止めていた。

フェルナンがなんと答えたのかは聞こえなかったが、ブレナン子爵はますます激昂《げっこう》したようだ。さっきよりも大きくはっきりと声が聞こえる。

「おまえ自身がサインをした小切手なのだから、銀行はいくらでも預金から引き出すだろうが、一応私が後見人だぞ。一言あってしかるべきだ。もう一人前だから好きにしますというのは、妻の披露目の一つでもしてから言うがいいっ」

延々と続きそうだ。言葉が切れるのを待っている……というよりは、この中に入ってゆかれるのですかとか、まだお着替え中だと言うこともできますよとか、そういう心遣いで動作を止めているであろうリックに、アリスティナは小声で伝える。

「いいわよ、リック」

乗り超えるべき壁。最初の壁は、フェルナンの叔父になった。

リックは満足げに口角を上げてから、こんこんと扉を叩《たた》く。そして声高に言う。

「奥様をお連れしました」

ブレナンの声がピタリと止む。

「入れ」

フェルナンの端的な指示を受けて、リックが両扉を両方開く。その方がドレスの裳裾《もすそ》が乱れないからだ。

大きく開いた扉から、アリスティナは滑るように動いて中へ入った。動きはこれでいいはず。乱暴でガサツな感じは消え失《う》せていますと、最近、ダンスの先生に褒めてもらったのだ。

両扉は彼女が完全に入室してから閉まる。リックは入らない。

ゆっくり歩いて、一人用ソファに座ったフェルナンと、ローテーブルを挟んで対面の三人掛けソファに座った壮年の男性の近くまで寄る。

初対面の人をいきなり真正面から見るのは避けた方がいい、と教えられた。だから、目は伏せがちにしているので、ブレナンがどのような外見を持った男性なのかはまだ分からない。

フェルナンが立ち上がってアリスティナの横へ来ると、彼女の右手を下から掬い上げて取り、ブレナンに向かって言った。

「叔父上。妻のアリスティナです」

彼女から手を放したフェルナンは、その手を、円を描いてすぃっと動かし、今度は、掌を上にしてソファのところを軽い感触で示す。

「母方の叔父になる。ジョージ・ブレナン子爵だ」

「ブレナン子爵様。初めてお目にかかります。アリスティナと申します」

アリスティナは、スカートを摘まんで頭を下げてゆく。身体の芯がぶれないように、そして優雅であることを心に唱えながらだ。

温室の大きな窓からたっぷり入る真昼の太陽光によって、明るく冴《さ》えた光がストロベリーブロンドを眩いほどきらめかせる。白い肌、紅い唇、整った顔と細身であっても胸が豊かに育った美麗な肢体。フェルナンの自慢の妻は、淑女の礼も絵になるような美しさだ。

頭を上げてゆき、もういいだろうと、アリスティナはソファに座るブレナンを見た。

黒い頭髪に白いものが混ざっている。がっしりというよりは、肉付きがいいという感じだ。身長はフェルナンよりも低い。瞳の色は、目が細いので分かりにくいが黒めいている。

ブレナンは、ぽっかり口を開けて、まじまじとアリスティナを見ていた。それはもう、顎が落ちるかと思うほど、がくりと下がった驚きようだ。

やがてぱちぱちと激しく瞬《まばた》きをしたブレナンは、唖然《あぜん》とした様子で呟《つぶや》く。

「アルデモンド伯爵家の次女？」

「はい。そうでございます。今は、フェルナン様の許へ嫁いでおりますので、ブローデル伯爵家のアリスティナでございますが」

微笑みとともに答える。上ずってしまわないよう気を付けて声を出した。

「叔父上？」

再びあんぐりと口を開けたブレナンに対して、フェルナンが訝《いぶか》しげに呼ぶ。すると、ブレナンは弾かれたごとくになってソファから立ち上がると、テーブルをごとんと動かしながら、フエルナンと彼女の前まで来る。

「こ、これは失礼した」

彼はアリスティナの右手を下から掬い上げて持ち、身を屈めてその甲に軽く唇を当てる。フェルナンの顔が微妙にひくついたが、彼女は見ていない。

手の甲へのキスは貴婦人への礼儀でもある。座ったままアリスティナの会釈を受け、すぐには返さず注視していたとなれば、普通に失礼極まりない態度だ。しかも、彼女は伯爵夫人だ。叔父上と呼ばれてもブレナンは子爵であり、爵位の違いが歴然とある以上、見逃せない非礼だったと言える。

それはブレナンも思ったに違いない。わざとらしい笑い声を上げる。

「いやいや、噂《うわさ》などあてにならんな。これほどの淑女だったとは。際立つこの美しさが何よりも噂されてしかるべきだろうに、一体なぜあんな風評が出回ったのか……」

丸い眼鏡を掛けていて、古い型の服を着て、赤みが強い褐色の髪を三つ編みにしていた。アルデモンド家では笑うこともなく、いつも緊張した面持ちでいたから、端から見れば、とても不機嫌そうに見えていたとしても致し方なしだ。噂はきっと、かなり正しい。

はっはっは……と乾いた笑いを何度も放ったブレナンは、《ソファに座って先ほどのお話の続きをいたしましょう》というフェルナンの誘いを、《忙しいからもう失礼する》と大仰な仕草で返して退出を告げた。足早に歩いて部屋を横切ってゆき、最後に振り返って言う。

「なぜ披露目をしない。結婚式に呼ばれた覚えもないぞ」

「申し訳ありません、叔父上。彼女はアルデモンド家の奥深くで隠されていたので、人見知りが激しいのです。ですが、そろそろ外の世界にも慣れてきたようなので、今度、夜会を催して、披露目とするつもりです。叔父上のところに招待状は届いていませんでしたか？」

「そ、そうだな。そういえば、来ていたな。まさか本当に結婚したとは思わなくてな、こちらへ確かめに、あ、いや。楽しみにしている」

捨て台詞のようだが、叔父の立場からしたらこれは当たり前の返答かもしれない。今後二人で外へ出るのを考えると、結婚式に誰も招待していないのは拙《まず》かったかもしれない。いまさらではあるが。

扉の外で待機していたリックが、ブレナンを見送るために玄関ホールまでついてゆく。扉が閉まれば、今度はアリスティナとフェルナンの二人きりだ。

「そこに座ってくれ、アリス。どういうことなのか話す。そうだな、どうして僕に〈結婚〉が必要になったのかを、話そう」

「はい」

先ほどブレナンがいたソファに今度はアリスティナが座る。フェルナンは対面だ。

フェルナンはアリスティナが聞き落とさないよう、ゆっくり話し始める。

「僕は十二歳で伯爵家を継いだ。といっても、《死神伯爵》とまで言われ、領地を治めるのは難しい状態だった。そこで、叔父が後見人となって管理することになったんだ。僕は、領地を叔父に任せて王都屋敷へ移動した。結局、王都でも一人ではどうしようもなくて、荒れ放題になったけどね」

じっとフェルナンを見る。歪《ゆが》んだような笑みはもう出てこない。彼は過去の傷を乗り越えつつあるのだ。

「リックが来て、こちらは整ってきた。ところが昨年、領地からの収入が激減したんだ」

「昨年？　実りは多かったって新聞にはあったけど。どこも潤《うるお》ったと書いてあったわ。ブローデル伯爵領は、南の方でしょう？　寒波からは逃れられていたはずよね」

「君の知識は本当に偏っているな。普通の奥方はそんなことまで知らないぞ」

くすくすと笑われて、アリスティナはむうっと黙った。こういう表情は、外で出してはいけないだろうが、二人きりになるとつい出てしまう。フェルナンは何も言わないばかりか、そういうアリスティナを楽しんでいる節があるので、なかなか改められないでいる。

笑いを零《こぼ》していたフェルナンは、一変して真摯な表情になる。

「そうだ。変だったんだ。叔父が管理してから五年の間に、年々減って、昨年がたんと落ちた。僕は叔父に帳簿が見たいと言い、領地へ行くと伝えたが、それは待ってほしいと言われた。後見人の契約のときに僕は大きなミスをしていたんだ。期限を切らなかった。それと管理の範囲内に、領地へ入るのも叔父の許可が必要と記載されていたのを見落としていた」

「ミス？　でもそれは、どうしようもないことでしょう？　だって、そのころのフェルはまだ十三歳だったんだもの。一人ぼっちになって……だから、叔父様が手助けしようと言ってくださったなら、誰だってそのまま丸ごと受け入れてしまうわ」

あなたは悪くないと訴えるうちに、そのころのフェルナンのことが頭を過り、胸が苦しいような思いが込み上げる。アリスティナは目を伏せた。

フェルナンは、そんな彼女を優しげに眺める。

「そうかもしれない。でも、今となってはそれが大きな障害となってしまった。自分の落ち度には違いないいんだ。調査一つまともにできない。帳簿を読めるように学んでいるのはそのためだよ。だが、帳簿そのものが手に入らない」

「期限を切っていないとどうなるの？」

「この国の法に従って、成人すれば後見人契約は自動的に解除される。本人がすべての管理をして、責任も本人が取る。大人になればね。それ以外は、〈結婚〉すれば、年齢が届かなくても成人したと認められる」

あっと思って口と目が丸くなった。

「だから、〈結婚〉が必要になったのね？」

「そういうことだ。あと二年すれば成人するが、それまで待てないと僕は考えた。リックもそう言った。鉱山もあるし、ワインもあれば、預金も宝石もあるから、領地からの収入がゼロになったとしても伯爵家自体は揺るがない。ワイン蔵は領地とはまた違う管理下にあるんだ。そちらはときどき様子を見に行っていて、順調に伸びている」

閉じ籠りのフェルナンが、以前からときおり外出していたのは、ワイン蔵を見に行っていたのかと納得する。

「だかといって、伯爵領をそのままにはできない。広い農地にはたくさんの者が働いている。ブローデル伯爵家の基盤は領地にあるんだ。貴族だからね」

「結婚したことを叔父様にお伝えして、それでもだめだったの？」

そういえばと記憶を手繰り寄せれば、リックとダンスの練習をしていたときに戻ってきたフェルナンは、《叔父との話し合いは決裂した》と言っていた。

「管理者としての権利を返す気がないんだろう。叔父は、たった一人残った血縁者だからあまり悪く考えたくないが、別口で子爵家の内情を調査中だ」

「調査……？」

「資産状況とか、何か後ろめたい状態になっていないかとか、拙《まず》いことに手を染めている可能性などだよ。議会に報告して、強制的に後見人の権利を剥奪することはできる。ただ、それをするとブローデル伯爵家の問題が表沙汰になるから、できれば避けたい」

「……難しいのね」

「責任は僕にある。どのみち、僕が責任者だ。今度の夜会で結婚したことを広く知らしめれば、叔父も否とは言えないと考えているが、どうなるかは分からないな。できれば叔父の方から、後見人契約を終了すると言わせたい。……そんな心配そうな顔をするな」

最後の締めくくりは、アリスティナへの言葉だ。

「心配そうな顔、している？」

「している」

「ごめんなさい。フェルを信頼していないとかじゃないの。無理はしないでね」

「あぁ」

希望をのせて笑うこと。それを実践する。静かに小さく微笑《ほほえ》んだアリスティナは、自分を見つめるフェルナンのまなざしの強さに気圧されて少し背を引いた。

「愛している」

ぼそりと言われて、アリスティナは頬《ほお》に薄く朱を載せる。フェルナンは立ち上がって、彼女の座るソファの隣に腰を下ろすと、肩に腕を回してきた。引き寄せられ、顔を上向きにされて口付けを受ける。舌が踊って、くちゅりと音まで漏れた。そして座面に倒されて――。

コンコン、と扉が叩かれた。アリスティナ付きの侍女の声が聞こえてくる。

「申し訳ありません。お客様が帰られたと聞きまして。奥様のダンスの先生がいらっしゃっています。いかがいたしましょう。このままお待ちくださるようお伝えしておきますか？」

「あ、行かないと」

「忙しい家になってしまったな」

むっすりとして気分を害したという表情を隠さないフェルナンに、つい笑ってしまう。アリスティナはドレスの裳裾をうまく捌《さば》いて立ち上がった。ドレスの扱いもそれなりに上手《うま》くなったつもりだが、どうだろう。

「僕も行くよ。一緒に踊らないか？」

ぱっと顔を輝かせたアリスティナはぶんぶんと頷《うなず》く。前髪がふわんふわんと浮き上がっては額に乱れ落ち、また浮き上がった。染粉を落とした髪はとても軽い。

膨らんだスカートの上で両手をぎゅっと握りしめる。これはもしかしたら闘志を漲《みなぎ》らせる態勢ではないだろうか。

フェルナンはアリスティナの手を取って彼の腕に掛けさせながら、呆《あき》れた様子を隠さない。

「ダンスをするんだぞ。それではまるで戦闘態勢だ」

「うんっ、うんっ」

「……《はい》じゃないのか？」

「はいっ」

嬉《うれ》しいという気持ちを全身で表したアリスティナを見て、彼はとてつもなく楽しげに笑う。

二人は一緒に歩き出す。ダンスの練習をするのも、夜会の会場となるのも、初めて出逢った一階の大ホールだ。

怒涛のように日は過ぎて、いよいよ夜会の当日となった。

心配されていた雪もこの数日は降っておらず、雨も大丈夫だ。きりっとした輪郭を放つ丸い月が、煌々《こうこう》と大地を照らしている。

大ホールに、招待客が次々とやって来る。二つの大きな暖炉に火がくべられると、人も多いので、真冬だというのに暑いくらいだ。

酒もふんだんに用意されている。料理もあれば、弦楽奏者たちによる音楽もあった。

「アルデモンド伯爵家、ご嫡男バージル様、ベケット伯爵夫人キャリー様」

玄関ホールから大ホールへ入るのに階段を二段ほど下りる。その手前で、誰が来たのか名前を呼び上げるのはリックだ。朗々たる声が響いて、友人その他、名前を聞き知っている者が現れると、誰もがそちらへ視線を流す。

赤紫のドレスに白バラの紋様が縫いとめられた派手なドレスを着て現れたキャリーの美貌に、人々は賞賛と羨望の目を向けた。

嫉妬や敵意が籠った視線も多い。キャリーは社交界で男女関係のもめ事を起こすことが多く、彼女に対して手厳しい意見を持つ者が、賞賛者と同じくらいいるからだ。

もっとも、キャリーは、しおらしい態度をしながら、敵に対して容赦しない上にしつこく噛みつくので、表立って喧嘩《けんか》を売るような者は少ない。陰で囁かれる彼女の字《あざな》は〈癇癪《かんしゃく》持ちの毒蛇〉だ。

「まぁ、ずいぶん集まったわね。ブローデル伯爵様とその奥方には、誰もが興味津々ってことかしら。〈死神伯爵〉と〈眼鏡を掛けた赤毛の野暮《やぼ》ったい花嫁〉だものね」

たった二段とはいえホールを上から眺めると、かなりの数に上る招待客の様子が一望できる。キャリーは余裕を持ってぐるりと見回してから階段を下りた。

「姉さん、声が大きいよ」

後ろからついて来るバージルが言う。

姉の影になってまったく目立たない彼には誰も注意を払わない。そういう位置が染み付いているアルデモンド家の次期当主は、白と黒の紳士の正装をしていて、白金に近い髪と紫紺の瞳、高い背という、見かけだけは抜群だ。

バージルの忠告などには耳も貸さないキャリーは、ふふ……と笑いながらホールを闊歩してゆく。すぐさま彼女に寄ってゆくのは、取り巻きでもある追随者で、中には苛《いじ》められないためにグループに入っている者もいる。

「キャリー、おひさしぶりだこと。あなたの妹の結婚相手がブローデル伯爵様だなんて、初めて知ったわよ。しかも、あの噂の人物でしょ。伯爵様に興味があれば、その妻にもって、招待状をもらった者はみな来ているのではないかしら」

挨拶がてらあれこれ口にしたのは、キャリーよりも十歳ほど年上になる侯爵夫人だ。

周囲に集まる女性たちは、美貌でキャリーに勝てる者など一人もいない。すすっと周りを見定めたキャリーは満足そうに微笑む。キャリーよりもセンスのあるドレスを纏《まと》う者はいないし、彼女よりも高価な宝石を身に着けた者もいない。

もしもそういう者が近くにいれば、足を引っ張るために、すぐさま名前と姿を頭の中に書き込む。機会があれば恥をかかせ、名誉に泥を塗らせる。高位の夫や見目の良い恋人を持っていたら、奪い取る。そうやって自分のプライドを保ってきた。

自分にはプライドしかない。しかも、自分よりも下と見るや、それを虐《しいた》げて保っている下種なプライドだ。分かっている。分かっていても譲れない一線だ。ずっとそういう生き方をしてきたから、もはや一々考えなくても流れ作業で周囲を眺める癖がついていた。

取り巻きの中の若い子爵夫人が高い声音で囀《さえず》る。

「でも、ブローデル伯爵様が、あれほど若くて、あれほど麗しい方だったなんて、初めて知りましたわ。十八歳なのですって？」

「そうよ。驚いた人も多いのじゃないかしら。ずっと社交界には出られていないから、どういう方なのか誰も知らなくて。おかしな噂だけが流れていたでしょう。本当にびっくりだわ。おまけにブローデル伯爵家は大層な財産家ですものね。噂さえなければ、今頃結婚相手なんてより取り見取りだったんじゃないかしら」

最初の奥方がそれに応えた。

キャリーを中心にした六人ほどの女性グループの雑談に、周囲の男性群も耳を欹《そばだ》てている。後ろに立つバージルが所在なさげに通りかかった給仕の盆からワイングラスを二つ取って、一つを近くに立っている女性に渡す。その女性は礼もそこそこにキャリーに話し掛ける。

「このホールだけでもすごいですわね。あの絵は、かの有名な巨匠のものではないかしら。世界的にその名も高いワイン蔵をお持ちだそうよ。こういうこと、キャリーは知っていたの？初めて聞くことばかりで驚いてしまうわ。おまけに、お姿も素晴らしくて」

「キャリーからは義弟ということになるのかしら」

「母親違いとはいえ妹の夫ですものね。義弟になるわ。もうホールにいらっしゃっているの？

妹のアリスティナはまだかしら」

「ブローデル伯爵様は、あちらでお客様の対応をされていましてよ。ブローデル家の新しい奥方様は、もう少しお客様が揃ってからじゃないかしら。ほら、この夜会は、奥方様のお披露目《ひろめ》のためのものだってことでしたもの」

若い子爵夫人が楽しそうに話す。子爵家からすれば、年下でも伯爵夫人は〈奥方様〉だ。キャリーは黙って聞いていたが、最上の笑みを口元に浮かべながら先に来ていた夫人達にもう一度尋ねる。

「ブローデル伯爵様はどちらに」

「あ、あそこですわ。あの方が、ブローデル伯爵様よ」

キャリーからは後ろの位置だったので、身体を回して顔を向ける。

中央奥で、キャリーも知っている公爵家のご夫婦と歓談をしている若い紳士がいる。すぐに分かった。あの紳士が噂《うわさ》の的となっているブローデル伯爵だ。

黒い髪と高い上背、限りなく上質の正装で包まれる若い男性は、細身であっても躍動する筋肉を感じさせた。後姿でありながら、なんと精悍《せいかん》そうであることか。

じっと見つめる。すると、視線を感じたのか振り返ってくる。優雅な動きだ。黒髪がさらさらと流れ、通った鼻梁に鋭い眼がこちらを向く。

あまりの端麗さに驚いてしまう。迸《ほとばし》る若さに圧倒されそうだ。

（でも、六歳違いのはずよ。たった、六歳だわ）

キャリーは鮮やかに笑って、少し腰を屈《かが》めた。すると彼は、前にいた公爵夫妻に何事かを告げて、こちらへ向かって歩いてくる。滑らかな動作にしっかりとした歩みだ。

後ろに立っていたバージルが、わずかに背を屈めてキャリーの耳元で囁く。

「彼はだめだよ姉さん。アリスティナの夫なんだから」

「あの子に、財産家で姿もいい若い夫だなんて、許せるわけがないでしょう？〈死神伯爵〉なんて言われていたから、まともな男だとは思っていなかったのに」

だから結婚の邪魔はしなかったのに、と続く言葉は呑み込まれた。美麗な顔に笑みをたたえ、紅い唇は毒を吐く。バージルは諦めたように息を吐き、屈めた背を伸ばした。

目の前まで来たブローデル伯爵は、キャリーとバージルに挨拶をする。ゆっくり開くその口元に魅入られて、キャリーは動けない。

「ようこそいらしてくださいました。歓迎します。義姉上《あねうえ》、義兄上《あにうえ》」

彼はキャリーの手を下から掬い上げ、身を下げてその甲にキスをした。貴婦人に対する礼儀だ。キャリーは自分の魅力を最大限に生かして微笑み、すっと腰を落として挨拶をする。

「はじめまして、ブローデル伯爵様。キャリーと呼んで下さっても構いませんのよ。妹は元気にしておりますでしょうか」

「とても元気です。そろそろ、このホールへ来る頃合いですね。皆さまにご紹介いたしましたらこちらへ連れてきますので、姉妹でお話をどうぞ。義兄上、初めまして」

男同士は乾杯だ。ブローデル伯爵は近寄った給仕の盆からすっとワイングラスを取るとバージルに渡す。

「お近づきになったのを嬉しく思います。義兄上」

「僕も嬉しい。よろしく、ブローデル伯爵」

チンとグラスを鳴らしてわずかに唇を湿らせる。バージルは驚いた声を上げた。

「美味《うま》い。このワインは、あなたの蔵のものですか」

「そうです。今宵は高名な銘柄を選んでお出ししています。たっぷり味わってください」

「まぁ、私も頂いてよろしいでしょうか」

「もちろんですよ、義姉上」

ブローデル伯爵は、優雅な動作で他の給仕からワイングラスを取ってキャリーに渡し、バージルのときと同様、軽く音を鳴らし合わせてからキャリー共々口へ運ぶ。

「ほんとう。美味《おい》しいわ。素晴らしいですわね。眼鏡を掛けていつも不機嫌そうにしていたあの子の夫があなたのような方だなんて。アリスティナは幸せですわ」

「……そうですね。僕のところへ来てから、彼女は本当に、幸せそうに笑うようになりました。美しい笑顔なので、つい見惚《みと》れてしまいます」

眼を眇《すが》めて語られた惚気に、円形になっていたその場はわっと沸く。ブローデル伯爵は、キャリーの方へ顔を向けてもう一度笑いかけた。

普通の笑顔だと周囲は見ていた。しかし、嘲弄《ちょうろう》に敏感なキャリーの頬は引き攣る。

――嗤《わら》ったわ。何を一体。眼鏡を掛けたみっともない娘なのは確かでしょうに。見惚れるだなんて。

キャリーが微笑みかければ、どんな男も迷いを滲《にじ》ませる。〈瘋癲持ちの毒蛇〉という字《あざな》を知っている者でさえ視線が揺らめくというのに、ブローデル伯爵は底光りをたたえるような冷たさで嗤いを投げつけてきた。

――美しい笑顔ですって？　あんな子のどこが。

不意に、幼いころのアリスティナはどうだったかと思考が飛ぶ。

――瞳はどんな感じだったかしら。眼鏡はいつからしていた？　あの子の母親が逝《い》ってからだから……、六年前？

キャリーは、五歳のときにやって来た父親の二度目の妻を母親とは認めていない。

これは、予感だろうか。瞳の色やその大きさなどを昔は知っていたはずなのに、眼鏡と前髪で覆《おお》われて久しいので忘れている。そういえば、顔の造りは悪くなかった。

しかし、眼鏡の印象が大きすぎるので、はっきり思い出せない。その上、濃淡を織り交ぜたような赤い髪を三つ編みにしている。野暮ったいことこの上もなかったのだ。

「では、彼女を出迎えてきます」

〈出迎え〉とは、現れる予定になっているホール奥側の二階に通じる大階段の下で待つということだ。こういう演出は、お披露目にはよくつかわれる手だった。

キャリーは去ってゆくブローデル伯爵フェルナンの後姿を眺める。

どのような演出をしても、アリスティナは人の注目を浴びるような者ではないはず。注目されるなら、別の意味であると想像して、彼女は心を落ち着かせようとする。

——噛われるならあの子よ。どんなドレスを着たって、あれじゃ……。

では、眼鏡を取ったら。三つ編みにしていた髪を解いたら。貴婦人らしく着飾って髪を結わえて眼鏡を外したら。心臓がどきりと慄《おのの》いた。

ホール全体にどよめきが走る。その場にいた者たちのため息とも声ともつかないもので、大きなホールが揺れたような感じだ。キャリーは、周囲の奥方連中と同様にして、ばばっと顔を上向け、奥まったところになる二階の踊り場を見る。

——あれは、誰よ……っ！

そこに遠目でも分かる美少女がいた。

ストロベリーブロンドの髪は結われているが、前髪は優しく額を飾り、顔の横の髪は麗しい顔立ちを際立たせる役を果たしている。きらきらしく見えるのはシャンデリアの光のせいだろうが、甘い色合いのブロンドが煌《きら》めいて、光ってでもいるようだった。

細い腰と豊かな胸。頭にはティアラがあり、首には恐ろしいほどたくさん連ねられたダイヤモンドのネックレスだ。首回りが大きく開いていて、白く透き通るようなすべらかな肌の具合が遠目でもはっきり分かった。

ドレスは薄い真珠色。実際、たくさんの真珠が使用してあり、ダイヤモンドと一緒に付けられたそれらが煌めくので、ものすごく豪奢《ごうしゃ》だ。ゆったりとドレープをとった幾つもの襞《ひだ》が、たるませられて膨らんで、フリルとレースがそれを縁取っている。すべてが美しい。

なにより驚くのは、階段上から下を眺める大きな瞳だ。

——緑……？　深緑とエメラルドだわ。グラデーションに見える……って、なにあれ。

魅惑的な瞳は、多くの人々の注目を浴びてわずかに戸惑う。それがいかにも初々しく、集まった人々の微笑を誘った。

美少女は頬《ほお》を上気させてスカートを摘まむと、それはそれは優雅に会釈をした。

おおお——……っと、またどよめく。そして拍手喝采だ。

——ア、リス、ティナ。あんな瞳をしていたなんて。いえ、それよりも髪よ！　赤の強い褐色だったはず！　どうして、こんな。

「すごいな。姉さん、すごいね、アリス。動きも、ものすごく優雅だよ。いつの間に。まるで、さなぎが蝶になったみたいだ……」

ドレスを上手くさばきながら階段を下りてくる姿の優雅で麗しいこと。誰もが感嘆のまなざしでその少女の動きを目で追った。

——さなぎを見れば、どんな蝶になるかくらい分かるじゃないの！　図鑑をみたことないの、ばかバージル。隠していた、隠していたんだわ。美しさを隠していたのよ……っ！

してやられたのだ。分かっていたら、もっと徹底的に痛めつけて誰の許にも嫁がせなかったものを。こんなふうに、人々の注目を浴びるような場には絶対に立たせなかったのに。

しかも相手のブローデル伯爵は、彼女の笑顔に見惚れると言って目を眇めた。アリスティナの姿を見て美しいと賞賛する者たちの筆頭だ。

アリスティナは、自身の美しさに加えて、財産を有する若くて端麗な夫まで手にしている。しかも！　そこには愛情がある。

怒りが身の内を席巻《せっけん》した。真っ青になってわなわなと両手を震わせるキャリーの様子に、アリスティナを見上げていた人々は誰も気が付かなかった。バージル以外は。

「姉さん……？」

呟いたバージルは、大きく眉を顰《ひそ》める。


下にいるたくさんの人々を見て、アリスティナは脚が震えた。人に対する恐れがある。逃げ出してしまいたくなった。

けれど、階段を下りた先で彼女を待っているのはフェルナンだ。アリスティナを見上げる瞳には、気遣うまなざしが湛《たた》えられている。

準備を整えて、二階の別室でホールへ下りるのを待っている最中にメイと話した。

『フェルはもうホールにいるのでしょう？　わたしはまだなのね』

『今宵は、奥様のお披露目です。《初めまして》と個々のお客様にご挨拶をするときは、高位の方からという順番になるので、お客様がある程度揃われてから下りてゆくことになっております。高位の方ほどゆっくり来られますから』

時間を測るというより、タイミングに従ってということらしい。

身分差は絶対だ。特に、貴族階級の者が集まる晩餐会、夜会、舞踏会など、身分差を頭に置

いて動かないと、礼を失して催しは失敗する。

その夜の最高位となる公爵と公爵夫人がいらっしゃったという知らせを、フェルナンの近侍が持ってくる。アリスティナは待機していた部屋から出て、二階にある踊り場に来た。

(階段を下りる前に一礼)

事細かく説明された順に従って動く。まずは笑み、そして会釈だ。大喝采が恐ろしいほど沸き起こって、一つ息を吐く。そして階段を下りてゆく。

ゆっくり、優雅に。芯がぶれないように。

(踏み外して転んだら、一貫の終わり)

心の中で唱え、震える脚に言い聞かせた。長い階段を下りて、フェルナンに手を取られる。手先が震えていた。彼はきゅうと握ってくれる。

「ブローデル伯爵家の新しい女主人となる、妻のアリスティナです」

余裕を含ませた声でフェルナンが一堂に紹介するのに合わせて、片手を取られた状態で片一方の手でスカートを摘まむと、もう一度会釈だ。フェルナンが隣にいるので、習った通りにできたと思う。大きな拍手とため息のようなさざ波がホールに広がっていった。

そのあとは、個々のお客様へ挨拶一辺倒だ。まずは公爵ご夫妻、そして侯爵、伯爵。同じ爵位でも、貴族名簿に書かれている順だと聞いている。

勉強のときに名前と簡単な貴族家の履歴は学んでいるというのに、いざ目の前にするとすぐには浮かび上がらない。ただの情報に名前と声が加わるのはいい。これで覚えてゆく。

ワインも飲んだ。たくさんはダメですよと言われていても、挨拶の度に乾杯などをしてゆくので、摂取量はどんどん増える。けれど、彼女のために用意された酒類は、ワインもシャンパンもかなり軽めのものばかりだから、何とかなる。

身内は最後だ。キャリーの姿を視界で捉える度に、身体が冷えてゆくような感触になるが、隣にいるフェルナンがそれを防いでくれる。傍にいてくれるだけで彼女の力になる夫だ。

キャリーは笑みを浮かべてアリスティナとフェルナンを迎えた。美しい笑みだ。そうだ。いつもこうして、外側だけは完璧に繕《つくろ》う姉だった。

「お姉さま。お兄さま。お久しぶりでございます。お元気でしたか？」

「ええ、いつも通りよ。あなたはずいぶん綺麗になったのね。伯爵様のおかげね」

「本当に綺麗になった。驚いたよ、アリス」

口々に褒められて、なぜか背筋が寒くなる。けれど、アリスティナは静かに微笑《ほほえ》んで返した。

笑顔は武器だと教えてくれた教師に深く感謝したい。

「フェルナン様にお逢いできたのは、わたしの最大の幸せでしょう。大切にしていただいておりますわ。ありがたいことですわ」

自然な形で言葉を綴《つづ》るアリスティナに、フェルナンが顔を向けて言う。

「では、僕は他の方のところへ行ってくるよ」

「はい」

挨拶はこれでいったん終了だ。あとからやって来る人には、また二人で挨拶に行かねばならないが、まずはそれぞれ主催としての役目を果たす。

フェルナンが離れてゆくと、とてつもなく不安になる。けれど、だからと言って夫婦でべったりしているだけではだめなのだ。アリスティナのためにも、一人で踏ん張ることを知らねばならない。特に、キャリーに対しては。

「いいご主人ね。ブローデル伯爵様があのような方だとは驚いてしまったわ。端麗で少し冷たい感じも素敵よ」

「ありがとうございます。お姉さま」

「アリスはどうやってこんなに綺麗になったんだい？　髪の色さえ違うよ」

バージルを見上げたアリスティナは、ふと兄が前と違った感じになっていると気付く。

(前よりも、しっかりした感じ？　そういえば、姉さまの前でわたしを褒めるなんて)

会話は躊躇なく続いてゆく。流れを切ってはならない。

「どうしてなのか、わたしにも分かりませんわ。でもやはり、フェルナン様のおかげではないでしょうか。優しく包まれるような毎日ですもの」

まぁ、おほほ……と、周囲の奥方連中の間で笑いが広がると同時に、キャリーの雰囲気が凍ったようになる。どきりとするが、キャリーは他の人がいるところでは本性を現さない。

「お兄さま、何かありましたの？　なんだか雰囲気が少し変わられたような……」

「そうかい？　もしもそうなら、僕もようやくアルデモンド伯爵家の嫡男という自覚ができてきたってことかもしれないな。父上も、そろそろ年だからね」

「お父様はお元気でしょうか」

屋敷を出てくるときの《元気で》という声が脳裏を過《よぎ》る。

「先日、風邪を引かれたの。でも、それだけ。心配するほどのこともなくてよ。ね、バージル。少しお腹が空いたわ。あちらの部屋で何か食べない？　アリスティナも一緒にどう？」

「他のお客様にもお勧めしたいので、お二人でどうぞ」

バージルも腹が空いたと言い、姉と兄はその場から立ち去ってゆく。アリスティナの横を通るときに、キャリーは彼女の耳に誰にも聞こえない音量で囁《ささや》いた。

「本当に素敵な夫だわ。浮気には注意なさいね」

顔が強張《こわば》ってしまった。キャリーは満足した笑いを浮かべながらその場から離れてゆく。

──あるわけないわ。そんなこと。だめ、こんな顔をしては。

すっと表情を取り繕って周囲を見れば、彼女は自分が注目の的だというのをひしひしと感じた。少しの油断も許されない。表情のわずかな変化も見逃してはもらえない場所だ。

──眼鏡も長い前髪も染料も、もうない。

鎧《よろい》はない。けれど守りはある。フェルナンだ。心の中にその存在があるだけで一人でも立っていられる。

アリスティナはにこやかに笑い、客人たちに隣の部屋に用意してある軽食のことを話して誘った。フェルナンは、暖炉近くのソファに座った高位の老人たちの相手をしている。

最初の打ち合わせでは、ある程度時間が過ぎれば、また一緒に方々を回ることになっていた。

最上級のワインを出して、そのグラスを配るのだ。

計画は綿密に立てている。弦楽器だけの音楽も華やかに流れて周囲を楽しませていた。

そうして、幾ばくか過ぎて。そろそろフェルナンのところへ行こうとしたアリスティナは、給仕が持って来た一枚のメモを見て驚愕《きようがく》した。

『君の姉上が、気分が悪いと言われている。客室へ案内してくる。すぐに戻るから、少しの間、頼む』

飲みすぎとか、体調が悪くなってしまったとか、そういう人が出たときのために、一階奥の客間が三部屋ほど用意されている。静かな空間で、白湯《さゆ》などの用意もあり、ベッドもあって横にもなれるという部屋だ。

（姉さま……っ、まさか――）

常日頃の姉のやり口は、アリスティナも知っている。あの姉がなぜ気分が悪いと言ってフェルナンを頼ったのか、容易に想像がついた。キャリーは、自分よりも多くを持っている者を許容できない。身近にそういう者がいれば、奪い取るのだ。

唇が震えた。手も震える。

（いや……っ、姉さま、フェルになにもしないで……っ！）

「アリス。キャリーが……」

「兄さま」

珍しく困惑と怒りを滲ませたバージルが、人をかき分けてアリスティナの傍まで来た。身を屈《かが》めて彼女の耳の近くで言う。

「姉さんが、気分が悪くなって……、どうしても伯爵に連れていってほしいと頼んだんだ。初めての家だから不安だと言って、少し泣いた。周囲には人がいて。それで、ブローデル伯爵が、仕方なく連れていったんだ。僕が出した手は振り払われてしまったよ」

どういう目的でキャリーがそうしたのか、バージルには予想できるのだ。彼こそ一番よく知っている。気分が悪いのは仮病で、心細いと言って泣いたのは芝居なのだと。

フェルナンを信じている。けれどキャリーが今までどれほどの男性を虜《とりこ》にしてきたのか、どれほど〈淑女〉から遠いことを繰り返しているのか、散々自慢されたから知っている。

小さなころから植えつけられている恐怖は、そう簡単には払拭できない。アリスティナは、伝言の書かれた紙片をくしゃりと握り込むと、ホールから出ようと踵《きびす》を返す。周囲の目があるが、そのときにはもうどうでもよくなってしまっていた。

ところが、くるりと体を回したら、目の前に年老いた男女が立っている。

「こんにちは。ブローデル伯爵夫人ですわね。遠くから参りましたので、少し遅くなってしまいましたわ。申し訳ありません。アリスティナ様のお母様の生家となる、子爵家の者です」

「これは美しいですな。ブローデル家はまた新たな宝石を得られましたか」

アリスティナの母親のことを口にしたのですぐに分かった。ニコリと笑ったご夫婦は、母親の生家となる子爵家の当主夫妻だ。

招待状を出していた。招待を受けるという返事はもらっていたが、老齢でもあり、遠くからだから無理かもしれないという言付けも届いていた。

う……と詰まって言葉が出ない。頭の中ではフェルナンとキャリーの姿がぐるぐると回っている。心臓がバクバクと鼓動を速めていた。

「おや、どうなさいました。お顔の色が……。伯爵夫人？　あの、アリスティナ様？」

自分の名前が耳に入り、はっと我に返る。

――フェル。フェル……っ！

ぐっと奥歯を噛みしめてからアリスティナは柔らかく微笑する。

「少し緊張しているのですわ。それだけです。遠いところから、わざわざありがとうございます。旦那様は、……フェルナン様は、今、外しておりますが、すぐに戻られるでしょう。まずは飲み物をいかがですか？」

手の中の紙の存在が、彼女を助ける。

――すぐに戻ると書いてあった。

給仕の姿を捜して周囲を見回したアリスティナの横で、バージルが小さく言う。

「行かなくていいのかい？　拙《まず》いよ、そうだろう？」

「いいの。わたしまでホールを抜け出したら、招待した側だというのに二人とも場をあけてしまうことになるわ。それは、だめ」

前をまっすぐ見て、給仕の姿を目に留めたアリスティナはこちらへ来るよう合図をする。

彼女が微笑んでいるので、何事が起きたのかと訝《いぶか》しんだ周囲の人たちも離れていった。

『少しの間、頼む』

メモにはそう書いてあった。

腹に力を入れ、動揺している自分を極力外に出ないよう念じながら、グラスを取って子爵夫妻に渡す。

「わたしの母のことをご存知ですか？　もし、ご存知でしたら、お話しくださいませんか？　小さなころに亡くしているのです」

老いた感じの子爵が答えてくれる。

「そうでしたな。母君は私の兄の娘で、兄は、それはそれは可愛がっておりましたよ。子爵家の家宝とも呼べる指輪まで渡して嫁がせたのです」

「その指輪は、わたしが持っておりますわ。あの、お返しした方がよろしいでしょうか」

子爵夫妻は顔を見合わせてから、二人共に首を横に振る。子爵は言った。

「実は、お祝いを申し上げるのと、指輪を捜すのと、王都へ来た目的は二つありました。どこにあるのかが分かれば、それでいいのです。兄はもう亡くなっていますが、前当主がしたことを、次期当主の私が覆すことはできません。どうぞそのままお持ちください」

「ありがとうございます。大切にします。母の形見にもなりますので」

「私から見れば母君は姪になりますが、物静かで優しい令嬢でしたなぁ……」

母親のことを聞けるのが嬉《うれ》しい。母親の生家から来た子爵夫妻のおかげで、フェルナンの信頼を裏切らずにすんだ。

老齢であるから遠くまでは無理と考えた子爵夫妻は、それでも、お祝いを言うために、そして指輪を捜すためにやって来た。まるで母から齎《もたら》された助け手のようだ。

「お兄さまもいかが？」

グラスをバージルに渡そうとすれば、彼は顔の前で手を振ってそれを断る。

「ずいぶん飲んだから、もういいよ。……アリスは、綺麗になっただけじゃなくて、とても強くなったんだなぁ……。僕も見習わないといけないな」

しみじみと言われて、アリスティナはほんのり頬《ほお》を染める。

「フェルナン様がいてくださるからでしょうか」

「これは、当てられますわね。新婚ですものね。お二人ともお若いから、まだまだこれから、ということかしら」

子爵夫人が笑う。これからというのは、きっと、まだまだ山もあれば谷もあるということだ。夫婦の絆は、そういった山や谷を共に越えることによって、強くなってゆくものなのだろう。この子爵夫妻のように。

バージルは、酔いを醒ましてくると言って、アリスティナから離れて行った。

玄関ホールで最後の客を見送る。

気分を悪くした者や、遠いから帰れない子爵夫妻のような人たちは、ブローデル伯爵邸で泊まる手筈になっていた。すでに、それぞれ客間へ引き上げていたから、これで夜会は終了だ。もうすぐ夜も明ける。

キャリーもバージルも、いつのまにか帰っていた。《キャリーの気分がすぐれないので先に失礼する》と、バージルの伝言がアリスティナに渡されただけだ。

ホールの後片付けを屋敷中の人間ですることになるが、メイにもリックにも、こちらはいいのでお休みくださいと言われてホールから出されてしまった。

アリスティナはフェルナンと共に、二階にある私室へ戻ってゆく。

「なんだかまだ興奮しているみたい。お酒を飲んだからかしら。少しずつって注意していたから、そこまで酔ってはいないけどね」

しかし、ふふっと笑えてしまうので、アルコールがまだまだ抜けていないのは明白だ。

笑いながら、あの伯爵様がとか、男爵家のお嬢様がとか、アリスティナは憑《つ》かれたようにして取りとめもなく話す。フェルナンは小さく相槌を打つだけだが、聞いてくれているのは分かるから、彼女のお喋りは続く。

アリスティナの部屋まで送ってくれるかと思っていたら、もっと先にあるフェルナンの部屋へ誘われた。背中に回った彼の腕で押されて、そのまま連れられてゆく。

扉を開けて室内へ入る。彼の部屋の明かりは落とされていたが、小さな灯と暖炉の火があるので仄明るい。暖炉によってフェルナンの部屋はちょうどいい感じに暖められていた。ただ、酒類を摂取して高揚しているアリスティナには少し暑い感じだ。

「もう眠った方がいいのではなくて？　フェル」

「君は、眠りたい？」

「いえ。まだ……」

「そうか。なら僕と少し話をしよう」

「……え？」

手を引かれて行ったのは窓の近くだ。レースのカーテンが引かれていて、青いような月明かりが、レースの柄を落としながら部屋の中に入っていたから、どこか神秘的な雰囲気になっている。厚手の絨毯《じゅうたん》が敷かれている床に、フェルナンはぽすんと座った。

「酒のせいで少し暑いんだろう？　窓の横だ。ここで話そう」

「はい、フェル」

前を示されたので、アリスティナもドレスをばさりと翻して座る。絨毯があっても床の上だ。礼儀作法の先生は顔を顰《しか》めるかもしれないが、アリスティナはこういうのも好きだ。

ふと、フェルナンが木から飛び降りたときのことが脳裏に浮かぶ。あのときは土の上に二人して腰を下ろした。アリスティナはパニックになりながら、フェルナンが怪我《けが》をしていないかどうかを必死に目で確かめていた。ずいぶん昔のようでも、一つ前の季節でのことだ。

向き合って座ると、フェルナンが口を開く。

「姉さんのこと、聞かないのか？」

ドキンッと鼓動が激しく打った。顔が強張る。フェルナンを信じると決めて口にしないつもりだったのに、喉に引っ掛かった小骨のように残ってしまった気掛かりだ。お喋りをし続けたのも気を紛らわせるためだ。そこを、鋭く突かれた。

メモにあった通り、フェルナンはさほど時間を空けずにホールへ戻ってきた。けれど、時間は感覚だけではっきりするものではない。あとになればなるほど、〈すぐに〉というよりは長い時間だったとも思えてくる。なにかがあったのかもしれないと、つい考えてしまうのだ。相手はキャリーなのだから。

「わたしは、フェルを信じようって決めたから。もう、思ったことを簡単に口にするのはやめないと……って……」

言葉を紡ぐうちに目線を下げて俯《うつむ》く。

あの雨の夜。思ったことを安易に口に出してフェルナンの心の傷を抉《えぐ》ってしまった。屋敷を出た彼女を、ずぶ濡れで捜してくれたフェルナン。雨から庇って抱き締めてくれた彼を、少し姿が見えなかったからといって、疑って、それを口にする？

過《あやま》ちは一度で十分なのに。それなのに、どうしても、喉の小骨が消えてくれない。

フェルナンは微妙な顔でアリスティナを眺めていたが、やがてぽつりと言う。

「気にならないのか？」

「それは……！　気になるわ……！　相手は、あの姉さまなんだもの」

ぱっと顔を上げれば、楽しげに笑ったフェルナンと目が合った。

「一応君の姉上だから、あまりひどいことは言いたくないんだが、アリスが気に病むといけないから話しておこうと思ったんだ。もしも、気にならないと言われたら、それはそれで、結構ショックだな」

「そういうもの？」

「こればかりはね。僕のことだから気になるんだろう？　こういうことは、聞いてくれ」

頷《うなず》く。〈こういうこと〉の範囲がどこか曖昧だったが、それはこれからのことだ。今は、断然、聞きたい。

フェルナンを見つめるアリスティナのまなざしに、その気持ちがありありと出ていたようだ。フェルナンはまた笑う。

「順番に話そう。いいかい、気分が悪いという義姉上を客間に連れて行ったんだが、足元がふらふらと危ない上に、ベッドまで連れていってほしいと言われた。だからベッドの端に座らせたんだ。そうしたら《ドレスを脱がしてくださらない？　横になりたいの》と言われて」

アリスティナはフェルナンを凝視する。キャリーが男性を誘惑するのにどういうことをするのか、はっきりいって興味がある。けれど何より、フェルナンがどうしたのかだ。信じるのは前提としても経過は知りたい。一言一句漏らさず聞こうと耳を欹《そばだ》てる。

「女性のドレスは一人では着脱できないから《侍女を呼びましょう》と言ったら、《吐いてしまいそう。一人にしないで》と泣かれた。仕方がないから上半身くらいはと思ってホックを外したんだ。そうしたら、いきなり自分でドレスを乱して僕に抱きついてきた」

「……っ」

声も出なかった。何か言ってしまいそうな口を、慌てて両手で押さえる。

「誤解されるといけないから、全部ありのまま話すよ。引き剥がそうとしても、義姉上は、両手を僕の首に回して離れない。仕方がないから、そのまま抱き上げてベッドに横にならせた。それでも、離れないばかりか引っ張ってキスをしようとする。だから言ったんだ」

「な、にを」

「《僕は、最愛の妻アリスに意地悪をするような者は、カボチャに見えます》とね」

「……かぼちゃ……」

美貌に自信を持つ姉にとって、これは痛烈だ。カボチャはとても美味《おい》しいが、外見はでこぼこしている。まだらなものもある。触れる前なら外から見た形のことになる。

「《カボチャを抱きしめる趣味はありません》とも言った。他には――そうそう、《これほど歪《ゆが》んでいては触るのも避けたい》とも言ってしまった」

徹底的な拒絶。フェルナンは紳士だから乱暴はしない。けれど恐ろしく冷たい様子を醸し出せる人だ。興味がないというのは明確に伝わったに違いない。

唖然《あぜん》とした姉の顔が見えるような気がして、少し気の毒になった。

「義姉上は、さすがに手を放してくれたから、僕も背を起こしたんだ。そうしたら、彼女はすぐに叫び始めた。《ブローデル伯爵に乱暴されたと言ってホールへ行くわ。この姿を見れば一目瞭然よ！》とね」

なんだか夫に申し訳なくて、目線を泳がしてしまう。そんな状態だったのかと、いまさらながらに姉のすさまじさを再認識した。それに呼応するかのようにフェルナンは言う。

「さすがは〈痼癪持ちの毒蛇〉だと感心したよ」

「なに？　それ」

「君の姉さんの社交界における字《あざな》だ。……ドレスは本人の手が届かないところにあるホックが外されていて、髪とか乱れていたから、僕は本当に困ってしまった」

　アリスティナは口から手を放して、小さく言った。

「ごめんなさい」

「君のせいじゃないさ。それに窮地を救ってくれたのは、義兄上のバージルだ」

「兄さま？」

「客室に走り込んできて、《もうこれ以上アルデモンド家に泥を塗るなっ！》と怒鳴った。《アリスは僕らの妹なんだ。幸せを壊すのはよせ》とも言っていたな。《姉さんは、ベケット家へ帰ってもらう》とまで口にしたよ」

《酔いを醒ましてくる》と背を向けたバージルは、そのまますぐにホールを出て、キャリーを捜して客間へ向かったということだ。侍女やフットマンに聞きながら捜したのかもしれない。気分が悪くなった姉を捜す弟だから、誰も不自然に思わず答えたのだ。

（兄さま。ありがとう……）

　目が少し潤んでしまった。不思議なことに、このごろたまにこうして涙が滲む。守ってくれる人ができて鎧《よろい》を外したからだろうか。

「義姉上にとって、ベケット家へ帰されるということが一番こたえるようだ。顔色を変えた。そのあとはもう、姉弟の大喧嘩だ」

ベケット伯爵にも招待状は出ていたが、伯爵からは欠席の返事がきて、伯爵夫人のキャリーはバージルと来た。ベケット家でのキャリーの存在がどうなっているのか、誰も言わないので、アリスティナに分かりようもない。ただ、以前はともかく、今は分かることもある。

嫁ぎ先から誰も迎えに来ない。それはきっと、とてもつらい。

かといって、姉にされた多くのことや、フェルナンにしたことを許せはしないが。

「兄さま……。雰囲気が少し違っていた気がしたけれど、いつの間に、そういうふうになられたのかしら」

「アルデモンド伯爵の事業は行き詰っている。家の中がいろいろ限界なんだろうな。義兄上も独り立ちして義父上《ちちうえ》を助けないといけない時期だ。彼の場合、自分の中の意識の問題だけだから、きっかけ一つで変わることもあるさ」

「……そうね」

フェルナンがそうだった。《立ち上がって外へ出よう》と言ったときの彼は、それまでより一回り大きくなったような感じがした。

「そういうわけで、義姉上は義兄上が引きずるようにして連れて帰った。表玄関で預けられていたコートで包んでね」

「そんな状態だったなんて、何も知らないでいて、ごめんなさい」

「だから、君のせいじゃない。むしろ、あの場を離れず、きちんと伯爵夫人をしていた君は、僕からしたら賞賛に値する」

褒め言葉よりも姉の行状のひどさについ下を向いてしまう。こういう身内の動向は、ひどく恥ずかしいことだと認識を新たにする。

「僕の話はこれで終わりだ」

すっと出されたフェルナンの手に捕まって立ち上がる。自分の部屋へ戻ろうと歩き出せば、腰を抱いてきたフェルナンに止められた。

「フェル?」

彼はそそくさとアリスティナのドレスを脱がせ始める。

「侍女たちも総出でホールの後片付けだ。屋敷は人手が足りないからね。ドレスは僕が脱がせてあげるよ」

「でも、……横に窓があるわ」

「部屋の中は薄暗いし、レースとはいえカーテンもあるから、外からは見えないさ」

そうかなと考えている間にも、後ろ向きにされて、ネックレスは外され、リボンが解かれる。背中側のホックも外されてゆく。フェルナン自身は、正装の上着を脱いでぽいと床の上に放る。タイは外して、白いシャツは無造作に首元から幾つかボタンを外した。

ちらりと後ろを窺《うかが》ったアリスティナは、ぼんやりと思う。

(乱れた感じ? 疲れている? でもすごく……色気があるわ。男の色気って、疲れたときに

も醸《かも》し出されるものなのね……。そういえば、大事なことをまだ聞いていない）

不意に気が付いた彼女は、後ろ向きからくるんと向き直らされたときに、顔を上げて、忙しくドレスのボタンと格闘しているフェルナンに聞く。

「ね、フェル。夜会は成功した？」

鮮やかに笑ったフェルナンは、彼女の唇にちゅっと口付けを落としてから断言する。

「成功だ。反省はしなければならないが、僕からすれば大成功だな。次はわが屋敷に来てほしいと言われた方々が多くおられたから、招待状がたくさん来るだろうね」

「よかった……」

ほぅ……と息を吐けば、身体から力が抜けて、くたくたと蹲《うずくま》ってしまいそうになる。どうやら姉のことを聞いている間に酔いが回った。それをフェルナンの腕が抱きとめる。

彼の手は止まらない。ばさりと取り払われたのはドレスだ。ペティコートも剥《は》ぎ取《と》られると、薄絹のキャミソールとコルセット、そしてドロワーズといった姿になってしまった。

くたりとしている間に、もうそこまで……と感心してしまう。

フェルナンは、今度は呟《つぶや》く。

「誰もが、君がいかに美しいかを語ってくれたよ。まったく。外に出さなきゃよかったって、どれほど思ったか」

「え？　わたし、だめだったの？」

くつりと喉の奥で笑ったフェルナンは、彼女の腰のあたりに手を這わせ、ドロワーズのボタンを全部外してしまった。どこか意地悪げなのは気のせいだろうか。

ドロワーズは腰で止めてあるボタンやホックをはずすと、すとんと下へ落ちてしまう形状をしている。アリスティナが、《あっ》と声を上げたときには、もう足首のところでただの布の塊になっていた。

「フェル、ベッド、行く？」

幼いような口調で聞く。下腹部を覆う下着が無くなれば下肢は丸出しになる。上はキャミソールとコルセットだけで、ずいぶん羞恥を誘う姿だ。だから、アリスティナは片手で胸のところを隠し、片手で下生えあたりを隠す。

立ったままで、またくるんと躰《からだ》を返されて、背中が彼の方を向く。両手で自分の大事なところを隠しているアリスティナからすれば背中はまったく無防備になっていて、そちら側にあるコルセットの紐《ひも》を彼が解いてゆくのを止める手立てがない。

立ったままだから、脚がふるふると震える。とさりと下へ落ちたのは、コルセットだ。これで半分透けたキャミソール一枚になってしまった。

「ベッド……ほら近くに、フェルったら——ひゃぅ……っ」

キャミソール越しなのに、熱い唇を背中で感じて反射的に両肩を竦めた。同時に、前に回された彼の腕できつく腰と胸を抱かれる。

下を隠していた手は彼の腕の下になってそのまま拘束状態だ。胸を隠していたもう一方の彼女の腕は、下から差しこまれたフェルナンの手で難なく取り払われてしまう。

裸の臀部《でんぶ》の後ろに被さってフェルナンの腰がある。ズボンの布を押し上げている硬いものを尻肉で感じれば、それが彼の欲望だと思い当たって、アリスティナは頬を真っ赤に染めた。熱が躰を走って、熱波に晒されたような感じになる。

「ぁ……、なんだが、ぐらんぐらんする」

「酒のせいだな。アリスは何もしなくていいから、僕の好きにさせてくれ」

後ろから回った彼の手が、彼女の胸を揉み始めた。薄絹のキャミソールなどないかのように、膨らんだ乳房を横から寄せ、全体を覆ってゆらゆらと揺らされて、握られる。

下肢へ向かった彼のもう一方の手が、恥骨辺りを隠すアリスティナの手の上から被さって、彼女の手ごと股の間をぐっと掴んできた。フェルナンの手は大きく、彼女の手を丸ごと包んでしまえる。

「あ、……フェル……あん……っ」

胸の方は、乳首を引っ張られて刺激が痛いほど強くなる。同時に下肢では、彼女の手に被さった彼の手の指が、彼女の指の隙間を縫って肌まで到達し、足の間の肉割れを撫でる。

フェルナンの唇が項を舐め始めると、ぞくりとした慄《おのの》きが躰中を走った。耳朶《みみたぶ》を唇で挟み、耳の中を舌で突きながら、フェルナンは言い募る。

「みんなが君を見ていた。くそぅ、あそこでキスの一つもしておけばよかった……っ」

悔しそうだ。臀部《でんぶ》に押し付けられる彼の腰が微妙な動きをするので、彼女もまた尻の双丘を揺り動かしてしまう。

布を纏《まと》う硬い棒のようなものが尻肉を割ってくると、もうたまらない感じだ。沸きあがる羞恥と欲求でたまらない。もっと触れてほしい。ただ、気になる言葉を先ほど耳に入れた。

「あぁ……フェル……っ、わたし、だめだった、の？」

「良かったに決まっている。素晴らしかった、アリス。姿も動きも……男どもが涎《よだれ》を垂らさんばかりに見ていたよ。美少女が好きな奴《やつ》らは多いんだ……っ！」

「知らないっ……そんなの……っ、あっ」

下肢を覆っていたアリスティナの手は払われて、彼の指が狭間《はざま》を割る。脚の力はますます抜け、もう立ってはいられない。するとフェルナンは、彼女を上向きにしながら絨毯《じゅうたん》の上に横たえてしまった。

厚い絨毯だから背中が痛くなるようなことはない。しかも脱がされたドレスやペティコートを背の下に敷いたような感触だ。

けれど横には窓がある。カーテンが引かれているとはいえ、気になってしまう。

薄いレースのカーテンだ。窓の外は、玄関と同じ南向きだから、二階とはいえ、万が一すぐ下に誰かがいたら、訝しげな顔で当主の部屋の窓を見上げるかもしれない。

「窓が……フェル――……あ、あぁっ」

胸に吸い付かれて声が上がる。けれど、外に聞こえるかもしれないと思えて、アリスティナは両手で口を押さえた。それを上から眺めて、フェルナンは笑う。綺麗な笑顔なのに、どうしてこんなに意地悪さが満杯なのだ。

「ベッドへ、ね、ベッド……すぐ、そこ」

「もたないんだ。アリス。外へ出れば、みんなが君を見て、みんなが寄ってくる。僕の神経が逆なでされてしまうよ。君だからこんなふうになる。抱きたい、アリス――」

フェルナンの口に含まれた乳首は、キャミソール越しでも十分快感を生み出して、つんと立った。布が湿ってくる。彼の手はもう一方の乳房をぐっと握っては撫で、撫でては握るを繰り返す。指が乳首を摘まんでくりくりと捏ねるようにしてくると、どうしても声は上がる。

「あん、……はっ……うーん……、あ、あ、あぁん」

けれど、窓の近くでは抑制するしかない。手で押さえてもこれだけ漏れていってしまうというのに。ぐらぐらと意識が揺れている。これはお酒のせいなのか快楽のせいなのか。

フェルナンのもう一方の手が陰毛を撫でるのを感じれば、躰中が上気してきた。

反応は顕著に出る。若いせいもあれば慣らされているせいもある。酒が入って高揚した気分のせいでもあった。成功と言われて嬉《うれ》しいし、姉の行状に刺激されたという面も否めない。

「ん……っ、んっ……あぁっ――」

声が高く上がる。どうしようもなくて、人差し指を曲げて第二関節を軽く噛む。フェルナンはまた笑った。

「いつまでそうしていられるか、耐えられるものなら耐えてみろ」

意地悪だ。どうしてそんなに……と思うアリスティナは、フェルナンが彼女に近寄るありとあらゆる男を殲滅《せんめつ》したいと考えているとは露知らない。

陰部を割った彼の指が深々と中に入ってくる。びくんっと背を反《そ》らしたアリスティナは、激しく喘《あえ》ぎ始めた。陰唇に隠れる花芽は、彼女を快感で啼かせる大いなる場所だ。実際は茹《ゆ》だった豆粒ほどだと教えてくれたフェルナンは、本人よりも彼女の肉体をよく知っている。

「アリス……アリス……っ」

ぐわっと両足を広げられ、彼女の腰を浮かせたフェルナンは、自分の躰を下げてアリスティナの陰唇に唇を付けた。舌での愛撫《あいぶ》を始める。

「あ、あ、アァ……ん――……」

ひくひくと躰を揺らしながら快感に塗れるアリスティナは、もう口に含んだ自分の指では声を押さえるのが間に合わないとばかりに、顔のすぐ横にあった白いレースのカーテンを握りしめる。もう一方の手は、絨毯の上に落ちたドレスの裾だ。それで耐えようとする。

しかし、淫芽を彼の舌で上下左右に舐められ蠢《うごめ》かされると、走り抜けてゆく快感に、あっという間に堕ちてゆく。

「あ、あ、あぁ……っ――……っ」

びくんっと背を反らす。快感がより深くなっているのを、肉体がフェルナンに教える。

「……濡れている。すごく。これなら、早くても――」

早い、なにが？　と聞くまでもなかった。両足は膝で曲げられ、抱えられる。、乱れたシャツを纏《まと》いズボンを穿《は》いたままだったフェルナンは、前をくつろげるだけで繋《つな》がってきた。

「ひぁ……っ――……、ん――……っ」

いつもよりもずっと早い段階で挿入されてくる雄の存在感で、アリスティナは息を詰めて伸び上がろうとする。両手でそれぞれ掴んだカーテンとドレスの裾をぎゅうと自分に寄せた。目尻に溜まった滴が飛び散ってゆく。

「アリス……ごめん、止まらないっ……」

「あぁぁ……っ、ん、あ、早……っ。ひっ……くぅ――……」

動きが早い。ぐんぐん奥まで突かれてアリスティナは激しく身悶《みもだ》える。裸の臀部に触れるのは、フェルナンの穿いているズボンの布地だ。床の上で、彼は服を纏《まと》ったまま、彼女もキャミソール一枚とはいえ身に纏わせている。

それでも、大事なところは繋がって、二人は一体となっていた。生まれてくるのは底知れない愉悦だ。

「ううぁ――…あん、あ、そこ、だめぇ……っ」

「好《い》い、だろう？　今夜はたっぷり啼《な》いてくれ……っ、容赦なんか、してやらない。アリス、好きだ……っ」

「アァ――……ッ……」

蜜壺の中の襞《ひだ》に隠れる驚きの場所は、アリスティナを大いに善《よ》がらせる。なぜそうなのか自分でも分からないまま、挿入されたあとは、フェルナンのなすがままだ。

今夜の彼は、あの喧嘩の夜よりも、もっと激しくそこを突いてくる。その奥までも拓かれ最奥を雄で叩かれ続けた。アリスティナは、声が掠《かす》れるほど嬌声《きょうせい》を上げた。

やがて、内部で暴れる怒張の動きだけで達してゆく。

「いや、あぁ……っ、わたしだけ、やぁ……っ」

追い上げられてびくびくと達した。快感が鋭く刺してくるようだ。アリスティナは、躰を満杯に広げて身悶えしながらフェルナンの情動に晒される。

ぎゅうと引っ張ったカーテンの留め金が外れて半分くらい下に落ちてくる。上の方にできた隙間から、夜空に鎮座する満天の月が見えた。明るい月に見守れらながら、夫に達《い》かされてゆく。びくんびくんと躰中を慄《おのの》かせ、彼女を犯し続ける陰茎を締め付けて、悦楽に酔う。

「あ――……ん――……、っ、っ、あ、あぁっ、フェ、ル、ぅ……」

彼女が顎を上げて思い切り達したにもかかわらず、フェルナンは一旦止めた動きを再開した。彼はまだ果てていないのだ。じゅくじゅくとした水音を高く奏《かな》で、肉棒は淫壺を愛《め》で続ける。

「可愛《かわい》い……アリス――もっと、僕を味わってくれ」

「は、あ、あん……そ、んな……あ、……っ」

「もっとだ……っ、もっと乱れろっ、僕の腕の中で……っ」

快楽の壺を擦られ突かれて、再び白い海に溺れ始める。けれど今度は少し違っていた。フェルナンが指で彼女の陰核を苛《いじ》めながら中をかき回すのだ。

好い処も他のところもすべてが弄《いじ》られて愛撫され、アリスティナは自分の内側からこみ上げてくる何か得体のしれない愉悦に恐れを抱く。

「あん、あん、あぁっ、だめぇ――なにか、出る……っ、だめ、フェル、離れ……」

「出してしまえ……っ」

「ひぁ……アァァ――――……ッ……」

頭部を膨らませた男根がぐぐっと押してきて、アリスティナは目の前に閃光が走ったような気がした。陰核を摘まんだ指にも苛められ、口付けまで受けて、彼女は再び達してゆく。

同時に指で摘まれたあたりから迸《ほとばし》るものがある。水気のもの。たまらない放出感。

「いや、いやぁ……恥ずかし――っ……アァ――ン……っ」

恐ろしいほどの快感でがくがくと揺れながら、アリスティナは掴んでいたカーテンを力いっぱい引っ張った。カーテンは止めてあった留め金がすべて外れ、乱れて広がったストロベリーブロンドの上にふわりと舞い降りてくる。下肢は自分の体液でびっしょりと濡れた。

膣肉《ちつにく》を叩《たた》くのはフェルナンの情液だ。激しく叩かれて、彼も一緒になって弾けてゆく。濡れて叫んで腕を回して抱き合って、床の上で深く絡まる。

「あん、あぁ……っ、フェル……っ」

声を抑えていたはずなのに、長くて高い嬌声が悲鳴のようにして口から出てしまった。

脱力してゆく過程で、彼の雄が抜け出てゆく。空虚感が込み上げて、無意識に名を呼んでいた。もっとほしいと感じている。コポリと水音までさせて引いてゆく肉塊を締め付けて、放すまいとする己の肉体は、きっととても貪欲なのだ。

「アリス、可愛い。すっかり濡れて、可愛い、アリス」

顔中にキスされる。驚きの素早さで彼はズボンを脱いだ。けれどまだシャツだけは羽織っている。ボタンを外すのが面倒だからだろうか。今夜のフェルナンは、本当に性急だ。

それでも、そのとき、彼は動きを止めてアリスティナを上から見てきた。

「あ、なに？」

フェルナンの両手が、彼女の髪の上に落ちていたカーテンを掬い上げると、アリスティナの額辺りまでふわりと覆ったのだ。そしてまたじっと上から見ている。

「フェル？」

「花嫁のベールのようだ」

感極まった声が聞こえる。低く響くこの声が、アリスティナは大好きだ。

「すまない、アリス……。あんな結婚式にして。心が通わない夫婦なら、派手な式をしても負担になるだけだと思っていたんだ。こんなふうに、愛することができるとは」

「いいの……、フェル。あなたがいて、メイがいて、リックもいたわ。……誓い合って、結婚誓約書にサインした。指輪ももらったわ。だからもう、……いいのよ」

はぁはぁと、速い息遣いもまだ収まっていないが、そこは笑みでカバーだ。

フェルナンの身が前に倒されて、彼はアリスティナに口付ける。それは情交の最中だというのに、とても神聖なキスのようだった。それこそ、結婚式で受け取る口付けのような。

そうしてまた愛撫が始まる。

「まだ、放す気はないんだ」

「フェル……」

くるりとひっくり返されれば、尻だけが高くあげられる体勢だ。アリスティナは、近くでただの布の山になったカーテンを握りしめて身悶えする状態になった。膝を立て、その膝を広げられ、臀部を両手で撫で回される。

指が狭間に潜ってそれを広げれば、たった今呑んだ彼の液体がとろとろと溢れてくる。もちろん、それだけでなく、彼女の蜜もある。おまけに放った恥ずかしいもので下敷きにしている布類もぐっしょりだ。

たっぷり濡れ、それを見られながら、彼はまた身を繋げてくる。

激しく熱い夜。窓の近くだというのを頭の隅で意識しながらも愛戯に塗《まみ》れ、アリスティナは声を枯らすほどフェルナンに抱かれ続ける。

ブローデル伯爵夫妻の予定は次々と組まれてゆく。

三月に屋敷で舞踏会を催すことになった。そのあとは、シーズン最高潮の始まりの合図ともなる王宮舞踏会へ行って、国王陛下に結婚のご挨拶をすることが決まった。

社交界デビューをしていないので国王陛下への謁見《えっけん》は初めてになる。アリスティナの緊張も最高潮になりそうだが、ブローデル伯爵家としては、まず舞踏会だ。

屋敷全体を押し包んだ夜会の興奮は四・五日も続いただろうか。日常に戻るかと思われたブローデル伯爵家の王都屋敷は、舞踏会の準備に走り出している。

夜会での失敗は多々あれど、総合した結果としては大成功で、誰もが自信を付けた。次はこうしようという案も生まれて、屋敷の中は活気に満ちている。とてもいい雰囲気だ。

他家の招待状も次第に届き始め、フェルナンが選別したところへ二人して出掛ける。それも増える一方だ。社交の最盛期となる夏のシーズンではどれほどの予定が入るのかと考えたアリスティナは、《何よりも体力よね！》とメイに力強く語って二人で大笑いした。

夜会から一か月。どんどん忙しくなる。勉強も続けている。

フェルナンと屋敷内で顔を合わせるのは、ディナーと夜の逢瀬《おうせ》、あとは三時のお茶の時間くらいになっている。

アリスティナにとって、昼間の彼と話をするお茶の時間はとても楽しい一時だ。ただ、難しい話もたまに出る。例えば、彼女の生家であるアルデモンド伯爵家のことだ。

「義父上は元気だと聞いているよ。でも、事業はもうだめだな」

「……そうですか」

結婚したときにブローデル伯爵家が出した出資金は回収されないということだ。フェルナンには申し訳ないことこの上もない。

アリスティナの頭の中にアルデモンド家のことが浮かぶ。いずれは父も天に召されるときが来る。そのとき、姉や兄はどうするのだろう。

ふとソファが揺れたので横を見れば、フェルナンが座っていた。彼女が他の事に気を取られている間に、一人用ソファから移動したようだ。

「もしも、義父上や義兄上から、もう一度出資をしてほしいという話が来たら、後始末のための用立てならしますと答えるつもりだ。義兄上には夜会のときの借りがあるからね。それくらいはする。事業の続行のためであれば出さない」

それでいいかと尋ねるような視線だったので、アリスティナは頷いた。

調査もせずに姉の讒言《ざんげん》を受け入れてしまうあの父親に、事業は合わない。彼女自身も、アルデモンド屋敷を出る時点で、事業から引く場合というのを考えていた。

いつまでも元気でいてほしいという願いだけは、今もそのまま持っている。

フェルナンの腕がアリスティナの肩を抱いてきた。彼の肩に、ことりと頭を載せて目を閉じる。考えてみれば、結婚することになってアルデモンド屋敷を出てからまだ半年だ。目まぐるしく変わってゆく自分と周囲に驚きを覚える。

肩を抱く腕に力が籠り、顎を取られて口付けられる。もう一方のフェルナンの手が、胸の膨らみを包んで揉み始めたので、アリスティナはそっと唇を外して言う。

「フェル。ここは一階のサロンで、まだお茶の時間よ」

「そう。いつも邪魔の入るサロンだから、今回はリックに人払いをさせている。来客予定は、今日はもうない。君の方も、そういうふうにするようメイとも相談した。誰も近づけさせない。もしも突然の来客があったら、待たせておけと言ってあるから」

だから、大丈夫——と続けられた。何が大丈夫なのかは、もう問わない。

互いの肉体を貪るのに、すぐに夢中になってしまう。愛情という、とてつもなく素晴らしい味付けがあるから、どれほど食べても美味《おい》しいのだった。

何度も身体を重ねて、まだ足らないとフェルナンが言うので、彼女の部屋へ行く。もしも突然の来客があったら、翌日まで待たせてしまうことになった。

部屋で軽食を取ってディナーもなしだ。そのままベッドで眠る。夜明けに目を覚ましたのは眠った時間が早かったからだろう。

太陽が昇るのを見ながら散歩しようとフェルナンが誘ってくれたので、夜着の上にナイトガウンを纏って二人で外へ出た。フェルナンもガウン姿だ。あまり人には見せられない姿だ。

春先の夜明けの空気に包まれる。外はまだ薄明るい程度だが、足先が見えないほどではない。互いの顔は見える。もうすぐ太陽が昇る時間だ。

肩を抱いてくれるフェルナンと寄り添って歩くのはとても気持ちがよかった。ときどき言葉を交わしながら、静かにそぞろ歩く。目指すは、あの〈うろ〉の木だ。

ところが、先客があった。木々の向こうに人影がある。二人だ。

「リックとメイだな」

木に背を預けて立っているメイの前に、リックがいる。リックの片腕が木に当てられて、二人は互いの顔を見ながら話をしていた。

「メイ……嬉しそう……」

リックも珍しく口元が自然な感じで綻《ほころ》んでいる。

「戻りましょう、フェル。邪魔しちゃいけないわ」

悪戯《いたずら》っぽい顔つきをしたフェルナンがなにかしそうだったので、ガウンの袖を引っ張って止める。アリスティナの顔を見た彼は、そうだなと頷いてくれた。

「〈牛歩の恋〉の邪魔をしては、死ぬまで愚痴られそうだ」

リックの弁である〈しっとり牛歩の恋〉については、フェルナンから聞いていた。二人は顔を見合わせ微笑み合ってから、その場を後にする。

（よかった……メイ）

部屋へ戻って、リックとメイが結婚したらお祝いは何にしようかとフェルナンと話した。とても楽しかった。明るい話題だ。

すべてが上手《うま》くいっているように見えていた。けれど、物事は常に揺れ動いている。上手くいっているときは、水面下で拙《まず》いことが起きている。

連絡が来た。ブローデル家の領地からだ。

使用人たちに給金が支払われていない。管理者であるブレナン子爵が、家族もろとも消えてしまった、という連絡だ。

第五章　妻という名の恋人

ブローデル伯爵家の領地を管理していたフェルナンの叔父ジョージ・ブレナン子爵は、農園や牧場からの収入を多額に使い込んだ挙句——横領だ——、主屋敷となるカントリーハウスにあった金子や宝石など、一切合切を持って家族もろとも雲隠れした。

ブレナン子爵家の内情を調べるようフェルナンが依頼した弁護士と探偵は、内情はほぼ調べ上げていたが、動向を追うのをしくじった。逃がしてしまったのだ。

知らせを受けたフェルナンは、アリスティナに淡々と告げた。

『ブレナン子爵家の領地はすでに売り払われていた。カードの賭け事に夢中になり、負けが込んで困窮した。それでブローデル伯爵家の財産に手を付けたんだ。追及されるとみて逃げた。おそらく、国外逃亡だ』

フェルナンはすぐに領地へ向かうと決め、アリスティナも同行することになった。彼女がそれを主張したからだ。

『フェル一人では、動きが取れない場合があるかもしれないわ』

近侍やフットマンを従僕として連れて行くから大丈夫だと言われても、遠く離れた王都で待っているだけではとてもたまらないと思えた。何があるか分からない。どうしても一緒について行きたかった。

アリスティナが一緒に行くなら、侍女として私も行きますとメイも強固に主張した。だから、リックが留守番だ。

列車での長時間移動が始まる。中央駅を通るときも列車に乗るときも、物珍しさはあっても興奮はなかった。フェルナンの緊張がアリスティナにも伝播《でんぱ》している。

狭い座席にフェルナンとアリスティナが向かい合って座り、彼女の横にメイだ。従僕として連れてきている四人は、すぐ後ろの席に、これも向かい合って座っている。

アリスティナはフェルナンに聞く。

「夜会のときに、叔父様は欠席だったわ。そのときにはもう失踪……？　出奔……？　していらしたのかしら」

「横領した挙句の逃走だな。議会には報告して指名手配になった。国外にも手は伸びる。最終的には捕まらず行方不明になるだろうが、家族も一緒となると、苦しい行脚《あんぎや》だな」

「ご家族は、奥様と息子がお二人、だったわね」

このあたりは、夜会前に頭に叩き込んだ情報の一つだ。奥方の顔を見ていないので、どこかおぼろげな感じがする。

「息子たちは、どちらも僕より若い。ただ、お金さえあれば、どうにかなるだろう」

「ブレナン子爵夫人も、ついて行かれたのね」

「生家は没落している。一緒に行くしかない」

国を捨て、身分を捨て、罪を背負って逃げる夫に付いてゆく。選択肢が他にないというのはその通りかもしれないが、本当にそれだけだろうか。

じっとフェルナンを見つめていると、流れてゆく窓の外を眺めていた彼が不意に顔を向けてきたので、アリスティナは少しだけ背を引く。一等車両とはいえ、背中側の背凭《せもた》れにソファのような柔らかさはなく、彼女を押し返してくる。

「何を考えていたんだ？」

「もしもあなたが、何かの罪を負って国外へ逃亡するときには、わたしも一緒に行こうって、考えていたの。それしか選べないからじゃなくて、フェルの傍にいたいから。だから、ブレナン子爵夫人も、そうだったのかもって」

「《そうだったのかも》……？」

「一緒に行ったのは、愛情からじゃないかしら……って」

叔父の逃亡という一報を受けてから、ずっと強張《こわば》ったままだったフェルナンの表情が、わずかに緩む。

「僕がどんなことになっても、アリスはついて来てくれるんだ」

「今も一緒に来ているでしょう？　どこへでも行くわ」

「愛情があるから？」

深々と頷いた。フェルナンの口元がそぅっと割れて、綺麗な笑みを形作る。

彼は座席から腰を浮かし、手を伸ばしてアリスティナの首のうしろに当てると、引き寄せて口付けてきた。ちらりと横を見れば、メイは眠ったふりをしている。だからもういいかと、存分に深いキスをした。


朝早くに乗った列車が広大なブローデル伯爵領を通るのは、夕陽がかなり傾いてからになる。一日二本の列車が人を運び、一日二本の貨物列車が売りに出される作物や、領民に必要とされる日用品を運んで入れ替える。大層な田舎であり、王都からは遠い。

領地の真ん中あたりにある駅で降りた。降りたのは伯爵家一行だけだ。ブローデル家の威光を示す意味もあるのか、利用する人数の少なさに比べて、ホームも駅舎も非常に大きくて立派だ。改札口もある。だが人がいない。がらんとした様子はまるで廃墟《はいきょ》だ。

「誰もいないな。人を配置してあったはずなんだが」

領地の出入り口ともなる駅だから、人がいなくては不用心だ。給金が支払われていないということは、どこかへ行ってしまった可能性が高い。正当な理由を持つ職場放棄だ。

駅舎の外に出ても、迎えの馬車はいない。代わりに、幌《ほろ》のない荷馬車が当主を待っていた。

手綱を握るのは、白いひげをたっぷり生やした老人だ。丸っとした老人は、鞍を付けた馬を、他に二頭連れてきていた。

「馬車はどうした。これに乗るのか？　女性もいるというのに」

「馬も御者もいなくなっちまいました。馬は、わしがなんとかこれだけ確保してたんで、まだいますが、他はどこかへ連れて行かれて、売り払われちまったんでしょうな。置いておくと盗まれるんで、いつも連れ歩いてんです」

目を眇《すが》めたフェルナンは、その老人の肩をぽんと叩《たた》く。

「ご苦労だったな。もう大丈夫だ。残っていてくれてよかった」

「大きくなられましたなぁ、坊ちゃん」

老人はぐすりと鼻を鳴らした。古くから伯爵家で働いている者なのだろう。

「これに乗って行く。……アリス」

「もちろん、乗ります。どんなところへも、どういうふうでも、あなたに付いてゆくわ」

アリスティナを上から下まで眺めた老人は、驚きで細い目をいっぱいに見開く。

「そういやぁ、ご結婚なさったと聞きましたな。奥方様ですかい？」

「そうだ。僕の宝だよ」

彼女が笑みを向けると、ひげで口が隠れている老人はまたぐすりと鼻を鳴らした。指で鼻の下をすいっと擦る。

老人が出してくれた短い梯子に足を掛けて、外出用のドレスの裳裾《もすそ》をばさりと翻しながら荷台に上がる。メイが乗ってくるのを助けるために手を出せば、彼女は笑って首を横に振った。

厳密に言えば、アリスティナは〈貴族家のお姫様育ち〉ではない。姉と兄の脅威があったので日々緊張して過ごしていたし、抵抗もすれば反抗もして、暴れることもあった。梯子くらい上り下りできなくては、逃げ切れない。もっと過酷な生活だったメイは、板で囲った荷台に一人で軽々と乗ってきた。

連れてきている妻と侍女の強靭《きょうじん》さを思い出したのか、フェルナンは笑って荷台に上がる。

ドレスの替えなどが入った大ぶりのスーツケースを二つ乗せると、従僕二人が乗れなくなった。彼らは老人が一緒に連れてきた馬にまたがる。

そうやって、がたごとと揺れながら、夕暮れ迫る領地を突っ切ってカントリーハウスを目指す。周囲に見える大地は、見渡す限り農場であるはずが、何であるかわからない植物が生えて、枯れて、荒れていた。赤い大地の素肌が見えている部分まである。

昨年の秋には小麦の黄金の実りがあったはずで、それが刈り取られた後は、冬の収穫物が植えられるか、土地を綺麗にして休ませるところだろうに、どう見ても秋以来放置状態だ。たまにきちんと整備されているところもある。そこの担当者は、給金がもらえなくても、まだここに残って仕事をしているのだ。

放牧場の横も通る。しかし、羊も馬もいない。誰もいない。

黙ってそれらの様子を眺めていたフェルナンが、一人ごちた。

「想像以上だな。一体いつから放置されていたんだ。これは、カントリーハウスの中も荒れ放題になっていそうだな」

カントリーハウスは、貴族家の主屋敷だ。土地が限られる王都屋敷の何倍もの大きさがあり、働く人間も多い。管理者として、ブレナン子爵とその家族が住んでいたはずだが、ブレナンは王都にいることも多かったと聞いた。結局、上前を撥《は》ねるだけ撥ねて、管理はほとんどしていなかったのかもしれない。

リックが外国から戻ったとき、王都屋敷はひどい状態だったと言っていた。使用人がいなくなり、掃除もされなくて、盗まれた物品も多かったと。

それと同じか、もっと凄まじい状態なのだ。何より〈人〉の問題が大きい。

（給金が支払われていない……。フェルはものすごく多額の金子を持って来ているから、足りなくなることはないと思うけど、もしも王都へ戻って調達することになったらどうなるのかしら。それだけの猶予が許されればいいのだけど……）

フェルナンが自分の手で持って来ている膨らんだカバンの中はすべて紙幣だ。彼は、王都を出る前に銀行からかなりの額を引き出してきた。かといって、それで足りるかどうかは分からない。ブレナンから帳簿を受け取っていないからだ。

（いざとなったら、わたしが付けている宝石とか。でもフェルナンはダメだと言ったわ）

『妻が身に着けている宝石を取り上げて人に渡すのは、服を脱がして渡すのと同じだ。絶対に、何があってもそれはしない』

はっきりと言われた。だから彼女は、母親の形見となる子爵家の家宝の指輪を持って来た。それはフェルナンにもらったものではないし、常日頃身に着けているものでもない。だからいざというときには使おうと考えている。

（フェルは怒るかもしれないけど……）

アリスティナは、荒れた大地を見ながらさまざまに思う。

星が瞬《またた》き始めたころ、ようやく到着したカントリーハウスの前には、たくさんの人が集まっていた。屋敷の大きさに驚く前に、人々の多さと空気の剣呑さにアリスティナはこくりと小さく喉を鳴らす。

荷馬車がやって来るのを見ると、人々は左右に避けて道を作る。

誰かがフェルナンを指さして言った。

「死神伯爵よ……っ！」

いまさらのように、ここではその呼び名が定着していたのだと、アリスティナは胸に痛みを覚えた。すぐ前に座っているフェルナンを見れば、彼は周囲の様子を眺めるばかりだ。冴《さ》えた容貌と鋭いまなざしは常と同じに見える。歪《ゆが》んだような揺らぎはない。しかし、心の傷は、見えなくなっているだけできっと痕を残している。

フェルナンはそれを押し隠し、抑え込んで立ちあがり、外へ行くと決めた。社交界に出て、ついに領地まで来た。

「死神伯爵っ、いまさら何をしに来たっ」

「金払えっ」

「……すごく好《い》い男になってんじゃない？　一緒にいるのって、例の奥方？」

「つまんない女と結婚したって聞いてたけどなぁ……。あれが？　奥方なのかい？　すんげぇ別嬪《べっぴん》じゃないか」

　領民たちからは、怒号と共に、妙な囁きも沸き上がっていた。

（フェルが伯爵位を継いだのが十二歳のときで、領地から王都へ移動したのが十三歳のときだったのよね。今は十八歳で、年齢よりも年が上に見えるときもあるから、昔を知っている人ほど驚いてしまうんだわ）

　成長ぶりに驚く者もたくさんいるということだ。しかも、かつての流行病《はやりやまい》による痛手も癒えつつあるに違いない。六年過ぎているのだから。

　過去よりも、未払いの給金をどうしてくれるのかという問題の方が先にくる者が多いのだ。当然だ。過ぎてしまった過去より、今とこれからの生活の方が、重要性が高い。

　屋敷の表玄関前まで来た荷馬車は、そこで止まる。立ち上がったフェルナンは、身軽にひょいと土の上に飛び降りた。外出着とはいえドレス姿で同じことはできない。アリスティナは、乗った時と同様にして梯子で下りる。メイもだ。

　従僕たちが荷物を下ろして屋敷内へ運び入れてゆくのと同時に、フェルナンが彼女の腰に腕を回して歩き出すと、後ろからひときわ大きく声が上がった。

「逃げるのかっ！　卑怯者め！」

　紳士たるもの、卑怯と呼ばれてそのままにはできない。

　ただ、アリスティナは、はっとしてフェルナンの顔を見上げたときに、彼はここまで言われるのを待っていたのではないかと思った。なぜなら、貴族に対してさすがに行き過ぎた怒号のせいでその場はしんと静まり返ったからだ。

振り返る前に彼の口角が上がって、フェルナンはわずかに笑う。したたかで容赦のない男の笑みだった。

開けられた玄関扉から外へ向かう明かりを背にしてフェルナンが領民へと振り返ったとき、その背を眺めていることにして彼女も歩みを止める。

メイには先に入れと合図をした。少々迷ったメイは、しっかり頷いて、大きなスーツケースと共に屋敷の中に消えていった。

フェルナンは、集まっていた領民に向かって、大きな声で言い放つ。

「僕は、ブローデル伯爵領の当主として、責任を果たすためにここへ来た。卑怯者と呼ばれるいわれはない！　決闘したければいつでも受けるぞ！」

「今まで全然来なかったでしょうが！」

「後見人契約により、領地に入るためには叔父ブレナン子爵の許可が必要だった。許可が得られなくて来られなかったんだ。こればかりはどうしようもない。僕はまだ十代なんだからな。だが、叔父はいなくなり契約者は消えた。だから、来た。責任者としてだ」

微細に嘘《うそ》が入っている。領地へ来なかったのは彼の意志によるものだった。けれど、同時に契約は存在していたし、フェルナンが来ようとしたときにそれを阻んだのも契約だ。

気弱そうな農夫姿の男が前に出て訴え始める。

「責任ってさ、どうやって取ってくれるっていうんだよ。支払いが溜まってる給金を、ぱぱっと払ってくれんのか？　なぁ、伯爵さま」

「払う」

ものすごく明快な解答だった。集まっていた領民の間で、おぉ……と、どよめきが走る。感嘆もあれば、信じられるかという色合いも濃い。無理もないことだ。

「すぐにですかい？」

「金額が明瞭になればだ。そうだな。まずは申告をしてもらおう。帳簿と合わせて決定し、それぞれに一括で支払う」

彼は後ろをちらりと見て連れてきた従僕を呼び寄せると、何事かを指示してから言う。

「この場にいる者は、名前と金額を記入してゆけ。あそこで」

〈あそこ〉と言う玄関扉横の壁際には、指示を受けた従僕が二人、紙とペンと簡単な机を用意している。どういうことか理解した者が、すぐに動き出してそちらで並び始めた。一人、二人が動けば、全体がその流れに倣《なら》ってゆく。

「給金ばっかじゃなくって、新しい種もなけりゃ、苗もない。羊も馬もない。どうすんですか、伯爵さま」

「もちろん購入する。それも急ぎでだな。もうすぐ種まきの時期だ」

「人出が足りませんぜ。屋敷の人間も少なくなっちまった」

「補充する。僕は、今後は一年に一度は領地に戻って皆の意見を聞くつもりだ。何をどれほど必要とするか、そのつど教えてくれ。文句も聞くぞ。要望もな。そうだ、今回こういう事態を招いたが、それでも今後この地で働いて住みたいという者は、それをあそこに記入してゆけ。大いに考慮する」

「いいんですかい？　安請け合いしちまって」

「責任を果たすと言った。代表者を数人選べ。これほど多人数では、話し合いにならん。明日、午後に改めてゆっくり話を聞こう。僕としても、何度も王都と行ったり来たりはできない。一週間以内に、ある程度、新体制の形を作るつもりだ」

明快な答え、そして数値で示した期限。返答としては十分だったのではないだろうか。

給金を貰う記入のために並ぶ者、明日のために代表を決めようとする者、文句だけをだらだらと言う者、その他噂話に花を咲かせる者など、集団は分断した。

朗々と語り、納得させて引っ張ってゆく。これこそ指導者の姿だ。

彼は最後に、にやりと笑う。

「何度も行き来していては、尻が痛くなってしまうんだ。荷台ではな」

フェルナンの言いざまに、ぶふっと吹きだす者もいた。それがぐっとこの場を柔らかくする。

《死神伯爵の冗談か》と嫌味《いやみ》も混ぜる者もいたが、明確な約束が、彼らをほっとさせたのが見て取れた。

「もう遅い時間だ。みなはもう休め。僕も休む」

「伯爵さまぁ、そのご婦人は奥様ですかー」

なぜか女性たちの黄色い声で呼ばれて、アリスティナはどきりとした。踵《きびす》を返して屋敷内に入ろうとしたフェルナンは足を止めてもう一度振り返る。

「そうだ。可愛《かわい》いだろう？　アリスティナという」

「どうぞよろしく」

フェルナンと共に屋敷へ入ろうとしていた彼女も振り返って華やかに笑う。笑みは武器だ。

ここで会釈はしない。身分の差もあれば立場の違いもあるので、そういう点は注意が必要だと教えられた。必要以上親しげになったり、気安くしたりするのは、相手にとってもよくないのだという。

そうやって、ブローデル伯爵夫妻は、領地のカントリーハウスに入った。

中では、メイがてんてこ舞いをしている。

「メイ。そのエプロンは」

「持って来て正解でした。旦那様、ディナーの用意をいたしますので、どうぞ二階へお上がりください。今夜は、階段を上がって右の方へ行かれました三つめの部屋で、お二人でおやすみ頂くことになります。すぐには二部屋用意できませんでした。申し訳ありません」

メイは深く腰を折って言った。すぐ近くにいたメイド二人も、あたふたとそれに習う。

「ディナーは遅くでいいわ。メイ、無理をしないでね」

「はい。奥様は、どうぞ奥でお着替えを」

フェルナンは階段を上がってゆく。アリスティナは、案内された一階の奥の部屋で、メイの手で着替えた。持って来た夜のドレスを纏《まと》う。

「着付けの方は出来上がりましてございます。髪を結うのにもう少し時間が掛かりますが、どうなさいますか？」

「結わなくてもいいわ。外へはもう出ないでしょうし。……着替えも必要なかったかしら」

「誰かに見せるわけではなく、旦那様の前で最高の奥様でいらっしゃるためでございますよ」

「そうか。そうね」

笑って顔を見合わせる。襟元が広く開いたドレスだから、首筋を長い髪がするすると滑っていった。メイが感嘆のため息を漏らす。

「素晴らしい御髪《おぐし》ですわ。染料で傷められていたのが嘘のようです」

「ありがとう。上質な香油と、毎晩のブラッシングのおかげよ。じゃ、行くわね」

アリスティナがその部屋を出てフェルナンのところへ向かえば、後ろの方でメイの声が聞こえる。

「全部の部屋を掃除しなくてもいいのです。この少人数では無理ですからね。とにかくサロンは三室を使えるようにしますから、まずはそこだけを。料理人はどうしました。ええい、私が行きますから、とにかく鍋で湯を沸かして――」

人が足りない状況を、自分が動くことでカバーしてゆく。メイは、どこへ行ってもメイなんだなと感心した。王都屋敷ではハウスキーパーをしているメイだが、ここではメイド頭も兼任だ。

二階の部屋の前でノックをする。誰何《すいか》の声は聞こえなかったが、他に居場所もないので入ってしまう。

部屋は綺麗に掃除がされて、ベッドのリネンは取り替えられていた。暖炉に火も入っている。恐らく、室内はぐしゃぐしゃに乱れていただろうに、あの短時間でこれだけできてしまうのだから、メイは実務も抜群だ。

ベッドは天蓋付きではない。ベッドヘッドは、木が生成りのままで使用され、美しい年輪が眺められる。厚く、大きく、ものすごく硬そうに見えた。

そのベッドに、上着を脱いだフェルナンが、ぐったりといった体で仰向《あおむ》けに寝ている。靴を履いたままだ。部屋へ入って上着をソファの背に放ったあとは、ベッドへどさりと身を投げたと、そういった動きが予想できる姿だった。

フェルナンは片腕を顔のところまで上げて曲げ、目を覆うようにしている。疲れているなら、明かりが眩《まぶ》しく感じられるのかもしれない。

「フェル……。明りを落としましょうか」

「そうしてくれ」

掠れた声をしている。つい先ほどは、あれほどよく通る声を出していたというのに、何が彼をこれほど疲弊させたのか。移動距離？　緊張？　人々の前に立ったこと？

王都ではこういうことはなかった。領地にいること自体が疲れの主因なのかもしれない。

（ここは家族を亡くした土地だものね……。それに、人々に追われるようにして出てきた場所だから――）

アリスティナは部屋の明りを消した。まだ三月に入ったばかりで寒いが、暖炉に火が入っているから暖かであるし、明りを消してもその火のおかげで暗闇にはならない。

床から天井までの大きな窓があり、歩いて出られる外はベランダになっている。カーテンが引かれていなかったので月明りもあった。カーテンそのものが無くなっているようだ。

ベッドの足側へ歩いていったアリスティナは、彼にそっと言う。

「靴を脱がせるわね」

それは、旦那様付きの近侍の仕事だが、この屋敷に残っている者が一体どれほどいるのかまだ不明なので、彼女は自分で動くことにした。

疲れ切った様子を隠さないフェルナンだから、もうこのまま眠ってしまうかと予想したが違っていた。彼は、アリスティナに話し掛けてくる。

「僕は、君に、姉と兄が超えるべき壁だと言ったね」

「ええ」

「僕の課題は、領地でまともに呼吸ができるようになることだった」

胸を衝かれる思いがした。それほどこの地は、彼の心に傷を負わせている。

靴を脱がせた。次はタイだ。彼に近い位置でベッドの横端に座って、覆《おお》い被《かぶ》さるようにしながらタイを取り、シャツのボタンを外す。首から幾つか外すと裸の胸が見えて、こういうときだというのにドキドキとして困った。それ以上はできなくて手を放す。

目のところを覆った手ではなく、もう一方のフェルナンの手がふわりと上げられ、続きになるシャツのボタンを取った。そのあと、所在なく何かを探してリネンの上へ落ちたので、彼女は身体を捩《よじ》ってその手を両手で包んだ。彼は、ぎゅうと握り返してくれる。

（……健やかなるときも、病めるときも、……これを愛し、これを敬い、これを慰め……）

歌うようにして心の中で唱えながら、上半身を倒して、両手で握ったフェルナンの指先に口付ける。ストロベリーブロンドがリネンの上に大きく広がった。

指がひくりと動いた。目線を上げて彼の顔を窺《うかが》う。隠されている瞳が見たい。

アリスティナは己の感じるままをフェルナンに伝えてゆく。

「フェルの声は、とてもよく通って、みんな聞いていたわ。はっきりとした約束がもらえたから、領民は納得して、きっとあなたに従う。呼吸、できているでしょう？　フェルの声も存在も、人々を動かす力がある。すごいと思うの」

「アリスが僕の後ろにいたから、絶対に下がれないと考えていた。守るべき者がいるのだから負けられない、とね。アリスを連れてきてよかったよ。これほど息苦しいとは予想以上だった。でも、君がいれば、息を吐けるし、言葉まで吐ける」

フェルナンが顔の上から腕を退けると、紺碧《こんぺき》の瞳が彼女を捉える。優しいまなざしだ。

男というものは、困難を乗り越える度に凛々しく、そして雄々しくなってゆくのだろうか。力強さを内側に秘めるフェルナンは、見惚《みと》れてしまうような微笑を浮かべて彼女を見つめる。

あれほど滲《にじ》み出《で》ていた疲労困憊の様子は消え失せていた。

「フェルはどんどん力を付けていくわね。男としての力よ。わたし、置いていかれそう。王都を出ただけで、学んだことが滑り落ちてゆく感じがするの。夜会は成功だってフェルは言ってくれたけど、付け焼刃に過ぎなかったのかもしれない」

「そんなことがあるか。身に付いている動きは優雅で美しいよ。荷台に上るときでさえもね」

くすくすと笑ったアリスティナは、跳ねるように起き上がる。

「じゃ、見ていて。王宮舞踏会で国王陛下にお逢いしたときの挨拶も練習しているのよ」

身体を起こした動きでさらりと流れる髪は、暖炉のか細い明りでも、十分甘く煌《きら》めく。彼女はふわんっと顔を振り、長く豊かな髪を翼のように背中へ踊らせた。

それを見ていたフェルナンが、疲労の痕跡が窺えない動きで身を起こし、彼女の方へ手を伸ばしてくるが、すっと下がってそれを避ける。

「逃げ方も上手《うま》くなってしまったな」

呟《つぶや》いた彼の声は賞賛を含んでいたので、彼女はふふ……と笑う。そして、暖炉の方へ歩く。

広い部屋だ。歩く距離もそれなりにあった。身体の中心をきっちり立たせて、ゆっくり歩く。歩き方もずいぶん練習したのだ。

そうして暖炉近くまで行ったアリスティナは振り返る。他者の目を意識して、限りなく美麗な動作に見えるよう念じながら、くるりと華麗に回る。

ベッドの上で半身を起こしてこちらを凝視しているフェルナンへ顔を向け、両手でそれぞれ左右のスカートを摘まんで会釈をした。謁見のときの、宮廷儀礼にのっとった貴婦人の礼だ。

ゆっくり頭を下げるに従い、解かれていた髪がふわふわと流れて静かな華やかさを醸し出す。

染粉を落とした髪はとても軽やかに踊る。後ろには暖炉があり、揺れる炎の光を纏《まと》わせた細い身が、女性だけが持つ美しさと優しさ、そして最上の優雅さで動く。

フェルナンのところへ来たころの動作の荒さはもはや微塵《みじん》もない。やがて、すぅっと顔を上げたアリスティナは、麗質をたたえて微笑《ほほえ》む。誰が見ても最高の貴婦人であり淑女だ。

フェルナンが作らせた流行の赤いドレスが似合うこと。色彩の基本の一つである純粋な赤、そして白いレースと細やかなフリルだ。彼女のストロベリーブロンドと対をなしているかのようだった。

夜用の宝石も白い肌を飾るが、それに負けない魅力がアリスティナを輝かせる。紅を薄く引いたふっくらとした赤い唇を開いて、鈴の音のような声で彼女は言う。

「わたくしは、フェルナン・フォン・ブローデルの妻、アリスティナでございます。どうぞ、お見知りおきください。国王陛下の御世に栄《さかえ》と幸多からんことを、心より祈っております」

そして最上級の笑みだ。

——あなたに相応しい女性に、少しずつでも近づいているかしら。フェル、あなたに逢えてよかった。あなたに出逢えたことを、この世のすべてに感謝するわ。アルデモンド家での生活も、きっとわたしには必要なことだった。

微笑んだ口元、うしろに広がる髪、そして夜には妖しさを増す大きな深緑の瞳だ。

彼女を凝視したままピクリとも動かなかったフェルナンが、ベッドから飛び降りて、瞬《まばた》きのうちに目の前へ来ると、アリスティナを思い切り抱きしめた。アリスティナも同じようにフェルナンの背中に両腕を回す。

「アリス――」

「フェル」

彼はアリスティナの耳元に感嘆の囁きを落とす。

「君は僕の誇りだ」

フェルナンの手が忙《せわ》しなく動き始め、着付けたばかりの夜のドレスが脱がされてゆく。

「疲れているのではないの？　フェル」

「君が僕を誘ったから、そんなもの吹き飛んでしまったよ。いけないな、アリス。いつの間に、夫を誘う手管を身に着けたんだ」

「え、そんなこと。あ、待って」

「待たない。濡れているような君の瞳も僕を揺り動かした。指の先にキスしただろう？　もう止まらないよ」

あれよあれよという間にドレスは脱がされて、キャミソールもコルセットも身体から離れる。裸になった胸を隠していれば、やすやすとベッドまで運ばれて、ドロワーズも脱がされた。これで身に纏うものは何もない。

初めての場所は素肌を晒《さら》すのが少し怖い。が、止める暇などまったくなかった。

顔中に降ってくるのはキスだ。彼は片手で自分のシャツを脱いでしまうと、口付けの合間にズボンも下着も脱いでしまった。これで彼も素っ裸だ。

アリスティナは綺麗に筋肉の付いたフェルナンの肉体をまだ正視できなくて、あらぬ方を見る。するとフェルナンは微笑する。

「よく見て、アリス。手で触って。……僕のシャツのボタンを外していたじゃないか」

「それは、眠るにはゆったりした方が熟睡できるでしょう？　だから……」

「襲われている気分だった」

「襲う、なんて……っ！」

「そういうのも、楽しいかもしれないと思ったよ。やってみないかい？」

「……！　え？　ど、どうやって」

目を見開いたアリスティナは首を横に振ったが、フェルナンはその気満々でベッドに横たわると、わずかに開いている自分の足の上に彼女を跨《また》がらせて、座らせた。

裸だ。開いた陰部が彼の腿《もも》にくっつかないようにと、足を大きく広げて、何とか膝立てをしている。そんなアリスティナの様子を楽しく眺めているフェルナンは、とどめに言う。

「好きなように触ってみて、僕を」

――好きなように……って……！

「疲れているんだ。慰めてくれないか？」

――少し休んだから、すっかり回復したでしょう？　いつもすごく体力があるし。

しかし、靴を履いたままベッドに横たわった姿を見たばかりだ。アリスティナは、自分の方が若い……二歳だが……と言い聞かせながら、そうっとフェルナンを窺い見た。

彼は背中に枕を宛がって、上半身を斜めに起き上らせた体勢で彼女に視線を当てている。黒に近い透き通った紺碧の瞳が、熱を持っているような気がして、肌がそそけだった。

黒い髪が乱れて額に掛かっているのも素敵すぎる。とてもまともに見ていられない。アリスティナは、彼の首や肩や胸のところまで目線を下げて、頬を赤く上気させた。

フェルナンと何度も夜を過ごしていても、彼の肉体をまともに眺めたことはない。羞恥は大きく、女性体と違っているのが神秘的でさえあり、怖くもあるのだ。

「アリス、手を」

言われるまま手を出すと、フェルナンはそれを握って自らの雄へ導いた。屹立した陽根は、ぬるりと滑る。アリスティナは、びくりと戦《おのの》いて手を引こうとするが、フェルナンは強く握ってその動きを許さなかった。

「アリスが欲しくて濡れているんだ。君も濡れるし、似たようなものじゃないか」

――ぜんぜん、違うんですけどっ！

叫びたいような気になる。棒のような肉の塊は、彼女の手が触れると頂上から涙のようにとめどなく何かを溢れさせる。雄は、太くもあり、硬くもあった。

「両手で、緩く、握って、アリス」

フェルナンの胸のあたりを見ているのが精いっぱいで、自分の手元などとても目がいかない。おまけに、たったこれだけで息が上がってきてしまう。彼は一体、こういうアリスティナを、どう見ているのだろう。

導かれた手は片手だったが、フェルナンの言う通りに両手で握る。するとその上から彼の手が被《かぶ》さって、ゆるゆると上下に動かし始めた。

「……フェ、ル……」

どきどきと心臓は踊り、アリスティナは顔中を真っ赤にして俯《うつむ》きながら彼の太腿《ふともも》の上に跨っている。フェルナンが彼女を見ているのを感じ取れば、鼓動は動きを早める一方だ。

ふと気づけば、フェルナンの息遣いが速くなっている。彼のもう片方の手も、一物を握る彼女の両手を包み、全体を次第に早く動かしてゆく。

勃起した陰茎に触れて初めて分かったが、先端に孔がある。そこから彼の先走りが溢れ、彼女の手も彼の手もすっかり濡らしていった。

「アリス……、キス、して」

この体勢でどうすればいいのかと頭で考えるより早く、彼の右手が上がって彼女の肩を掴《つか》むと前に倒れるようにしてきた。もう膝立ちはしてはいられず、腰がフェルナンの脚の上に落ちる。自分の陰毛がフェルナンの腿で擦られ、頭の中が灼熱の炎に晒《さら》されたかと錯覚するほど熱くなる。顔を近づけた彼女に、フェルナンは囁く。

「君も……濡れているね。僕のを触っているだけなのに、感じた？」

太腿で彼女の秘部に触れたから分かってしまったのだ。濡れている。彼の太腿をぬるりと滑るくらいには。ただ、感じたかどうかは、アリスティナに自覚はない。

返事もできずにいれば、フェルナンは、彼女の肩に置いた手を滑らせて首の後ろに回し、彼女を引き寄せる。彼のもう一方の手も、彼の怒張を包む彼女の手から離れた。

アリスティナの両手は導きがなくなっても張り付いて、フェルナンの雄から放れない。しかも、ぬるぬると動かしている。無意識であり、無我夢中でもある。

首の後ろに当てられた手ではなく、もう一方のフェルナンの手は、彼の太腿を跨いで大きく開いているアリスティナの肉割れに伸ばされた。下から入れ込む要領で、指が立つ。

「あっ……」

いきなりの刺激に苛まれ、背を反《そ》らそうとすれば、首の後ろに回されたフェルナンの手に力が入って唇の近くまでさらに上体を倒される。彼女の唇は彼の顔に近づく。ぶつかってしまわないために脚に力が入れば、淫裂を犯すフェルナンの指をまざまざと感じた。

指は何本も入って意地悪げに蠢《うごめ》いている。下を向いている陰部は、涎《よだれ》のように愛液を垂れさせた。それがフェルナンの手を汚し、彼の脚までぐっしょりと濡らしてゆく。腰がひくんっと上がり、その代わりに胸は彼に密着した。顎が上がって、早い息が漏れる。

「ん、ん、あぁ……っ、あん……っ」

「続けて、もっと速く、上下に……それだけで十分――」

フェルナンは近くまで寄った彼女の唇に上半身を起こして吸い付いた。彼女は陰部に潜ったフェルナンの指で弄《いじ》られて、たまらなくて出る声を、すべて彼の口で吸われる。

言われなくとも手を動かしている。そこははちきれんばかりになっていた。

口蓋を嬲《なぶ》られ、陰核を弄《まさぐ》られ、蜜壺まで犯されて、さらには身体が密着して彼の胸で乳房が

擦られる。夢中になって手で動かしているフェルナンの男根は、アリスティナと彼の腹の間で、ぬるぬると蠢《うごめ》いてでもいるようだった。フェルナンの手は、その隣で彼女の女陰を愛でている。数本の指がアリスティナの蜜路を激しく行き来して深く突いた。何度もだ。

「うう――ん……っ――……っ……」

口付けも深く、乳房も揺れて、アリスティナは躰《からだ》のすべてをフェルナンに刺激される。やがて、腰が上がって今にも達する状態になる。すると、彼女の手の中の熱杭の頭がぐっと膨らんで弾けてゆく。蜜壺に指が深く潜って、内側にあるしこりのようなものを掻いた。

快感に震えて呑まれる。頭の中が真っ白になって、フェルナンと一緒に躰が愉悦に向かって爆《は》ぜてゆく。

「ふぁ……っ、あぁ――……っ」

互いの腹の間で果てた雄と、内部を指で掻きまわされて達したアリスティナと、どちらが先だったのだろう。

どちらにしても、互いの息遣いは速く、口付けはもう無理になって唇は外された。

ひくんひくんと揺れる肉体を、フェルナンの胸元に預けて、アリスティナは肩を大きく上下させる。顔はフェルナンの胸元だ。息遣いのために横を向けば、耳が彼の裸の胸に付く。

――心臓の音が……聞こえる……。

速い息と、速い鼓動。彼も少しは感じてくれただろうか。目を閉じて、じっと心臓の音を聞く。すると、息を鎮《しず》めたフェルナンが独り言のように言った。

「本当は……咥えてほしかったんだけど、それは、また今度かな……」

言葉の意味が分からず顔を上げれば、フェルナンは口元に笑みを佩《は》く。

「口で、僕のを咥えるということだよ。僕は君のを舐めたりするだろう？　僕もそうしてもらえると気持ちがいいんだ」

驚いたのでそういう顔をする。フェルナンは、今度は色気たっぷりな感じで口角を上げる。

「……そのうちにね」

いまだに萎えた雄を握っているアリスティナの手の上からもう一度自分の手を添え、フェルナンは言った。

「育ててくれたら、下から突いてあげるよ」

「下、から？　……どうやって？」

「教えるさ。君はなんでもすぐに覚えると、教師たちが言っていたよ。アリス」

笑顔だ。けれどこれはどう見ても優しいばかりの笑みではない。どちらかと言うと、悪戯《いたずら》っ子のような、悪辣《あくらつ》であるような。

そうしてアリスティナは、その夜、新しいことをたくさん学ぶことになった。

あとで思う。その夜のフェルナンは、やはりどこか変だったと。

下腹部の上にアリスティナを乗せて、下から突いてくる激しさに眩暈《めまい》を起こした。自分の体重で深々と怒張を銜えたアリスティナは、悲鳴と共に啼《な》いて、身悶え、何度も達した。

領地での熱い夜。伯爵家が生まれた地を覆う夜のしじまを縫って彼女の嬌声が流れてゆく。

フェルナンは、まるでその地に彼女の存在を知らしめるようなやり方でアリスティナを抱いて、太陽が顔を出すまで腕から放さなかった。

翌日、目が覚めたときには昼になっていた。驚いたアリスティナは飛び起きることになる。食べ損ねていたディナーはそのときになってようやく食べた。

フェルナンはもう起き上がっていて、領民の代表と話を始めていた。彼は持って来た金子をまるまる見せて、一人一人に手渡すと断言した。昨夜記入した金額の二倍払うとも。

実のところ、帳簿や記録簿はすべてブレナンの手で焼かれていて、フェルナンの手元には何の資料もなかったが、《帳簿と照らし合わせて》という彼の言葉によって、途方もない金額を書き込むような者はいなかった。

それも考えて言葉を綴《つづ》ったのかと、アリスティナはやはり感心する。フェルナンは領地へ来て、どんどん領主らしさを増してゆくようだ。

あとはもう、時間の問題だ。フェルナンは、やって来た翌日に、領地とカントリーハウスの現状を記した手紙を、連れてきたフットマンに持たせて王都のリックに届けさせた。リックはその優秀さを発揮して、三日後には選別した人員を引き連れて領地へ来た。

『メイに逢いたかったから、張りきったんだろうさ』

フェルナンはそう言って笑っていた。余裕を感じさせる笑みだった。

王都屋敷はリックが領地へ来ている間、仮の執事に任されているという。その選別もフェルナンがした。それが責任者というものなのだと、アリスティナにも少しは分かってきた。

リックが連れてきた者たちが動き始めると、領地の体制はみるみる整っていった。フェルナンは、給金は一括で支払うというのと、《一週間》で体制を整えるというのを、領民たちと約束したが、それは果たされたのだ。

彼の信用度は高まり、見目麗しさも手伝って、領内での人気はうなぎのぼりらしい。

『もちろん、奥様の人気も素晴らしいものがありますよ。批判も生まれますが、過去を反省する者もいます。時間が過ぎれば、きっともっとよくなるでしょう』

リックが笑いながら話してくれる。

そして、十日が過ぎた。王都へ戻る日の前日に、アリスティナはフェルナンが跨る馬に一緒に乗って領地を回った。暖かな日差しが溢れる午後だ。

貴族の奥方だから横座りになって、フェルナンの前側に乗っている。

「君も一人で馬に乗れるといいな。二頭で駆けてゆける。暖かくなってきたから、乗馬も教養の中にいれよう。どうだい？」

「できるかしら」

「君は身が軽いし、動きも闊達《かったつ》だから、上手く乗りこなせるさ」

馬に乗ったのはこれが初めてだ。風を切って進むのはものすごく爽快だ。髪を結っていても顔の横側は少し流しているから、それが風で後ろに流れてゆくのも楽しかった。

「乗り心地はどうだい」

「馬の背がこんなに高いなんて、知らなかったわ。速いし。気持ちがいい。でもね……」

「ん？」

近くには誰もいない。馬の足の速度で少し荒れた農地が過ぎてゆくだけだ。

誰も聞いてはいないのだが、微妙に恥ずかしくて、アリスティナはフェルナンの腰に回した腕にぎゅっと力を入れると、その胸に顔を埋める。

「お尻が痛いわ。荷台のときより痛いの」

一瞬、きょとんとした感触で黙ったフェルナンは、次には吹き出す。

「可愛いよ、アリス」

フェルナンは意地悪なことに、馬の脚をもっと速めてアリスティナにしがみつかせる。

「フェル、もっとゆっくりにして。フェルったら」

「怖い？　ならもっと速くしよう」

王都へ戻ったら、絶対に乗馬を習って、次は一人で乗ろうとアリスティナは心に決める。

農地を過ぎてゆく風の中にフェルナンの笑い声が混じる。彼はこの地で、呼吸どころか、言葉を放ち、笑うこともできる。

少しずつでも、農地は回復してゆくだろう。領民たちが、農夫として、あるいは牧夫としてあちらこちらで領主夫妻に手を振っていた。それを見て、心がほぅっと息を吐いた。

速度を上げて散々彼女を怖がらせたあと、馬を並足にさせると、フェルナンは言った。

「リックとメイは、これからは領地の管理だ。こちらに留まることになったよ」

顔を上げてフェルナンを見る。これは予想できていた。

「さびしくなるわね」

「親離れのときが来たんだ。君も僕もね。それに、さびしいとばかり言ってはいられない。新しいハウスキーパーに指示を出すのは女主人の役目だ。新しい執事を使いこなすのは僕の役目だ。王都屋敷で催す舞踏会が目の前に迫っている。王宮舞踏会もある」

「そうね。忙しいんだったわ。ここにいると、王都の喧騒も遠いわね」

「明日は王都へ戻る。でも、僕らの基盤は領地だ。一年に一度は帰るよ」

「はい」

アリスティナは、はっきりと返事をして、二人は馬上でキスをする。なかなかバランスを保つのが難しかったと、彼女はそれをあとでメイに話して笑い合った。

夜になって、宝石類の片づけをしていたときに、子爵家の家宝の指輪を見つけたフェルナンがこれはどうしたんだと聞いてきた。

「なぜ持ってきたんだ。失くしてはいけないものなのに」

「そうなんだけど。これはわたしが持っているたった一つの、〈あなたからもらったものではない〉物でしょう？　どういう状況になっても、わたしが身に着ける宝石は使わないってフェルナンが言ったから持ってきたの。これは価値も高いから、いざというときには役に立つわ。あなたのためになるならきっと、お母様も子爵家も許してくれる」

笑いながら言えば、フェルナンはものすごく真剣な顔で返してきた。

「……それを使わせないためにも、僕は頑張らないといけないということだ」

「え？　無理はしないで。そんなつもりで言ったわけじゃ……」

《分かっている》と怒った口調で言われて、その夜はむちゃくちゃ激しく抱かれた。翌日列車の時間に間に合うように支度するぎりぎりまで起き上がれなかったほどだ。見送りのときのメイヤリックの意味深な笑顔が少し痛かった。


王都へ戻れば、それはそれは忙しくなって、フェルナンの言う通り、さびしいなどと言う暇もない。舞踏会の準備はどんどん進み、新しいハウスキーパーとも調子が合ってきた。新しい執事にも慣れてきた。フェルナンは、伯爵家の当主として貫禄がついてきている。

瞬く間に三月だ。ブローデル伯爵家での舞踏会は怒涛のように開催され、全速力で走ったようにして終わった。失敗も多々あるが、概ね成功だった。

手紙が来た。キャリーからだ。ときどき他家の集まりで顔を合わせる兄が《姉さんはベケット家へ戻した》と言っていた通り、その手紙は姉の嫁ぎ先から出されたものだった。

ベケット家に戻ったのはいつで、どういう経緯なのか、いつもと同じでアリスティナには話されない。けれどそれでいい。遠くにいる方が、互いに心安らかに過ごせるだろう。

兄には逢っても、姉の顔はどこへ行こうと見なかった。手紙にはほんの一行だ。

『子供ができたわ。娘はきっと私に似るから嫌。息子がいいわね』

ほぅ……っとため息を吐いてしばらくその手紙を見ていたアリスティナは、丁寧に畳んで自分の書斎机の引き出しに仕舞った。姉の幸福がどこかにあるようにと願う。

日々は過ぎる。もうすぐ王宮舞踏会だ。

そんなある日、アリスティナにフェルナンから大きな箱が届けられた。フェルナンは、このごろ前よりも忙しくなっていて、昼間は留守が多い。今日も出掛けている。

アリスティナは自分の部屋でそれを開けることにした。侍女が包みを開けましょうかと言ったが、一人でやれるからと人払いをして、自分の手でリボンを解いてゆく。

こういうのは楽しい。フェルナンからだから、彼女が悲しむようなものは入っていないと、疑うこともなく信じている。

床の絨毯《じゅうたん》の上に置いた大きな箱の大きな蓋を取れば、中には純白のドレスが入っていた。

「純白……なんて、綺麗……」

手に取れば、しゅるりと滑る。光沢も素晴らしいサテン生地だ。そこに薄い紗《しゃ》がアクセントとして加えられている。

ただ、真っ白なドレスは、通常の夜会とか舞踏会には着てゆけない。デビュタントをする若い女性たち——アリスティナもまだ十代だが——の邪魔をするようなことになってもいけないから……と、そこまで考えたアリスティナは、そのドレスが何なのかを悟る。

——デビュタントのドレスだわ！

かつて、姉と兄に汚されてしまった純白のドレスのことが頭を過る。手を伸ばしてしゅるんと上げたドレスの形は、まさに舞踏会用だった。

屋根裏部屋でフェルナンに話した。彼はそれを覚えていて、贈ってくれたのだ。

アリスティナは、すでに社交界へ出ている。だからこのドレスを着る機会はないが、それでも十分な贈り物だ。――と、はらりと落ちたのは、フェルナンからのカードだった。

『愛する妻であり、愛《いと》おしい恋人のアリスティナへ。このドレスを着た君と、もう一度結婚式をやりたい。招待客をたくさん呼んで、祝ってもらおう。フラワーシャワーを浴びよう』

「フェル……」

『この企画に参加してくれるかい？　了解がもらえたら、ベールとブーケを渡すよ』

手で持ったカードをじっと見る。絨毯に座り込んでまじまじと見る。ポトリと落ちた水気のものにはっと気づいて、目元を押さえた。

白いドレスに涙の染みなんて、あってはならない。だから、横に避けてあった包み紙を手で持って膝の上に広げる。涙を止めようと頑張ってみるが止まらない。たくさん溢れる。

「フェル。愛しているわ」

「僕もだよ」

いつの間にか開けられていた扉のところにフェルナンが立っている。正装で帽子を手に持った姿は、帰ってすぐにこちらへ来たということだ。彼女に贈り物が渡ったと執事に聞いて、急いでやって来たのかもしれない。

「それで、アリス。参加は？　どう？」

涙で声も出ないから、必死で頷く。彼は近くまで来ると片膝を付いて彼女を抱きしめた。

「泣かれるのは弱いな。君は、泣かないんだったろう？　このごろよく泣いている気がするんだけど」

「嬉しいときや感動したときはいいのよ」

涙声で言えば、フェルナンはとてつもなく嬉しそうに破顔した。


王宮舞踏会へ向かうために、伯爵家の紋章で飾られた馬車が玄関先に横づけられる。玄関ホールでは、絵に描いたような正装の紳士と貴婦人が、使用人たちに見送られて歩き出そうというところだ。

「旦那様、奥様、行っていらっしゃいませ」

ざざっと頭を下げる彼らに向かって、フェルナンが鷹揚に頷く。

「行ってくる」

フェルナンの横で、アリスティナが輝かんばかりの笑みを皆へ向けた。二人は優雅にふわりと身体の向きを変え、王宮舞踏会へ出かける。

貴族たちの社交シーズンは、今からが最高潮——本番だ。

epilogue

その年のシーズンも終わりを迎え、ブローデル伯爵夫妻は夏真っ盛りに領地へ戻った。久しぶりにリックやメイと逢えて、アリスティナは非常に嬉しい。

ここ数年、結婚する前のフェルナンはシーズンオフを領地で過ごすことはなかったのだが、春先に持ち上がった問題のこともあり、自分が責任者だという自覚もありで、二人は年末の降誕祭近くまで領地にいた。

彼らが領地へ戻っている間は、新たな執事とハウスキーパーが王都屋敷の管理と留守番だ。その二人も、数か月を経てすっかり役目が定着した感じだ。安心して任せられる。

領地にいる間に一年目の結婚記念日となり、あの純白のドレスを着て結婚式をした。誓約はすでにしているので、教会ではなくカントリーハウスでだ。祝ってもらえて大層嬉しかったが、もう夫婦としての認識もあるので少々気恥ずかしい気持ちにもなった。

フェルナンは王都屋敷でもやると言う。そのときは、貴族家の人々をたくさん招くことになる。領地とは違い、そちらは社交の一つだと思う。必要事項なのだ。

メイとリックの〈牛歩の恋〉は、あまり進展していないようだ。けれどリックと一緒にいるときのメイはとても幸せそうだからこれでいいのだろう。歩く速度は人それぞれだ。

　領地で働く皆に見送られて王都へ戻ったときには雪が降っていた。降誕祭は一週間後だ。


　入浴も終えて、自分の寝室へ入ったアリスティナは、ローテーブルの上に、リボンのついた包みがあるのを目をとめる。

「プレゼント？　カードがあるわ。メイから？」

　領地では何も言っていなかった。

　四角い包みを開ければ、小さな写真立てが入るような大きさの木箱が出てきた。宝石が散りばめられているようなものではないが、上面と四方に描かれた文様に貝が散りばめられていて、とても綺麗だ。外国のものだと思うが、取り寄せたのだろうか。

　手紙がついていた。

『降誕祭のプレゼントです』

　自分もなにか贈ろうと決める。

『リックさんと相談して決めました。旦那様と奥様に、こうしていられることの感謝をお伝えしたかったのです。何がいいかと考えましたが、あの小さな絵本を入れておかれたらいいのではないかと思いまして、この宝石箱にしました。このまま書斎机の引き出しの奥にも入ります。いかがでしょうか』

「あの絵本……。挟んでいるメモをメイには見られちゃったんだものね。そうね。失くすといけないから、こういうのがあると助かるわ。ありがとう、メイ」

呟《つぶや》いてしまう。こういうときはいつも顔を見合わせて笑っていたが、メイは遠くにいる。ちょっとだけ、さびしい。

「だけど、旦那様と奥様にってことは、フェルにもプレゼントしたのかしら……」

二枚目の便箋に、その答えが書いてあった。

『旦那様には、リックさんからお贈りしたはずです』

別々に送っているなら、今頃はフェルナンもこうして包みを開けているのだろう。メイたちには、長旅をして戻ったときは、まずそれぞれの部屋へ行くと見抜かれていて少し笑う。それだけたくさん世話を焼かれてきた。

アリスティナは手元の箱をじっと見つめる。指輪とかティアラなどを入れるようなものではない。そういう価値のものではなく、自分にとって大切なものを入れる宝箱に見える。

『旦那様が何を入れられるのか、疑問に思われましたら、お聞きになられたらいかがでしょう。では奥様、またお逢いできる日を楽しみにしております』

手紙はそこで締めくくられていた。

フェルナンがこれを贈られたら何を入れるか知っていたリックが、それをメイに話したとする。メイはアリスティナの絵本のことを知っているからこの形のプレゼントになった、という推察は違っているだろうか。

アリスティナは、手紙を大切に折りたたんで元の封筒に入れ、書斎机の奥へしまう。同時に、そこから出した小さな絵本を宝箱の中に入れた。

一連の動作の中で、フェルナンは何を入れたのかということがとても気になった。

窓の外は雪だ。しんしんと積もる雪はきっと朝まで降る。暖炉の火は消してもらったから、ベッドに入らないと冷えてしまう。それに、領地から時間を掛けて移動してきたから、フェルナンはもう眠っているかもしれない。

（そっと覗《のぞ》いてみたらダメかしら。起きていたら、聞いてみるということで……）

自分が何を入れたのか見せないと、教えてくれないかもしれない。だからアリスティナは、その箱を胸に抱えて彼の部屋へ通じるドアの前に立った。

レースとフリルいっぱいの白い夜着とその上に華やかなナイトガウンを羽織っている。脚には室内履きだ。それでも、寒さが忍び寄ってくる。

（もう眠っているかも……。疲れているでしょうし）

迷っているうちに、密やかなノックの音が耳を打った。向こうから、聞こえるか聞こえないかくらいの音で忍びやかに叩いたのはフェルナンのはずだ。夜、このドアを使うのは彼だけなのだから。

「フェル……。起きているわ。入って」

ドアは開かれて、ガウン姿のフェルナンが彼女の部屋へ入ってくる。彼も片手に箱を持っていた。お互いの顔とその箱を眺めて笑みをかわす。

アリスティナのベッドの上に二人で座って、それぞれの箱を置く。

「わたしの方からね。開けてみて、フェル」

旦那様に見せるのが先だと思ったのでそう言う。

フェルナンは箱の蓋を開けて、中から小さな絵本を取り出した。彼は意外そうな顔をする。

「これが君の宝物なのかい？」

「ページを捲《めく》ってみて」

一ページ、二ページとフェルナンは捲ってゆく。花のお話で、普通の絵本だ。

フェルナンは数ページ捲って、そこに一枚の紙片が挟まれているのを見つける。書いてある文字を見て驚いたようだ。

「これは、僕が書いた伝言《メモ》だ。あの夜会のときのだよね」

「そうよ。《すぐに戻るから、少しの間、頼む》。この一文が、わたしを支えたの。だからずっと残しておきたくて。いつかまた、何かが起こったときに、きっとわたしを支えてくれるわ。握り込んでくしゃくしゃになってしまったから、本に挟んでおいたの。それを、メイに見つかってしまった。だから、この宝石箱をくれたんだと思う」

フェルナンはしばらく黙ってアリスティナを見つめていた。それはもう、穴が空くかと思うほど強く熱いまなざしでじっと見られる。いささか居心地が悪い。宝物を見せるのは、心の内側を開いて見せるのと似ていた。

深く長い息を出してから、彼は言う。

「僕のを、見てごらん」

アリスティナは彼が持って来た箱を開ける。すると何かを包んでいる青い絹の布の塊が出てきた。手に取る。軽い。包まれている中のものは、彼女が何であるかを連想できない不思議な形をしている。

彼女は、ゆっくりと丁寧に布を開いていった。

「あっ」

思わず声が出た。包まれていたのは、アリスティナが掛けていた眼鏡だ。耳に掛ける柄も、レンズが入る丸い部分も曲がってしまって、かなり歪《ゆが》んでいる。ガラスもない。踏まれて割れたからだ。

「これ……」

両手でぎゅうと握って顔を上げ、フェルナンを見る。

「あの夜、屋敷に戻るときに泥の中から拾ってきた。僕が洗って泥を落とした。でも、修理して君に渡すつもりはまったくなかったんだ。君に、もう鎧《よろい》など付けさせないと決めた。僕が守ると心に決めた。守る者ができたから立ち直れた。それは、君の鎧でもあるし、僕の決心の証でもある。ずっと残しておくつもりだ」

「フェル……」

柔らかな笑顔が好き。彼女を見つめてくれる瞳が好き。優しくて強いフェルナンが好き。

ほろほろと零《こぼ》れるのは涙だ。あとからあとから溢《あふ》れてくる。泣いてもフェルナンは黙っていた。嬉しいとき、そして感動したときの涙だと分かっているからだ。

彼はそんな彼女に手を伸ばして、上体を引き寄せ頬《ほお》に口付ける。涙を舐め取った。

「眠ろうか。少し寒くなってしまった」

「はい」

くしゃくしゃと痕が残った紙片と壊れた眼鏡は、再びそれぞれの箱に入れられて、ベッドのサイドテーブルの上に置かれた。そうしてから、二人は上掛けの中に入る。

「今夜は眠るだけだな」

長時間の移動だったから、と彼女を抱き寄せながらフェルナンが言う。

「こういうのも好きだわ」

「たまにはね。……たまに、だから」

その部分を念押しするのかと、アリスティナは笑う。

外は雪。明日はきっと真っ白になるだろう。

『誰も足を踏み入れたことのない雪原を見ている気がする。……おまえ、美しいな』

遠くで聞こえるような記憶の中の彼の声。まるで子守唄だ。

互いの暖かさに包まれて、二人は瞬く間に寝入っていった。

あとがき

こんにちは。または初めまして。白石まとです。

このたびは「死神伯爵と不機嫌な花嫁」をお手にとって頂きまして、まことにありがとうございました。いかがでしたでしょうか。

最後がハッピーエンドであるのは間違いないので、始めの方を読まれて、最後の方を予想された方もいらっしゃるかもしれませんね。ただこのお話は経過に意味がある……つもりです。フェルナンとアリスティナが、どのように想いあい、どのように困難を乗り越えていったのか。彼らがどのようにして自ら変わっていったのか、どうぞ見てやって下さい。

それと、読んでくださる方の予想を裏切らないお話にするというのも、目的の一つでした。姉のキャリーが出てきたときに、「きたきたきた～」となって、アリスティナが登場して「やったね」と、そういうふうに思ってくださっていたら大変嬉しいです。

今回はビクトリアン風味ですが、二十歳で成人とか後見人制度とか、この本だけの設定を織り交ぜています。細かなところは、こういう世界なのだとお思いくださいませ。

十代同士の恋愛なので、成長を書くのが本当に楽しかったです。書きながらでも、頑張れと言いたくなってしまいました。「一度や二度の挫折がなんだ。まだまだ先は長いぞがんばれ」という感じでしょうか。若いっていいですね。

さて。ガブリエラ文庫さまでは二冊目の本になります。一冊目は、「あなたが欲しい　王冠と愛蜜の花嫁」です。こちらもよろしかったら読んでやってくださいませ。

絵担当のｓｈｒｉ様、可愛い二人をありがとうございました！　髪が綺麗！　アリスティナが手に眼鏡を持っているのが嬉しかったです。この可愛さなら、眼鏡を掛けても隠せなかったなーと思いました。フェルナンもステキですね。成長が見込まれる顔つきがとてもよくて、お似合いの二人だと思って眺めました。ありがとうございました。数年ぶりの大風邪を引きまして、予定が大幅に遅れてしまいましたこと、まことに申し訳ありませんでした。

風邪も引きましたし、その他もろもろで、編集のみなさまには大変お世話をお掛けしてしまいました。すみませんでした。そしてありがとうございました。お世話になりました関係各位さまにも深く感謝いたします。ありがとうございました。

読んでくださいました読者様には限りなく大きな感謝を捧げます！　ありがとうございました。書き手にとって、読んでいただけることが何よりの喜びです。どうかまたどこかでお目にかかれますように。強く深く願っております。

白石まと

ガブリエラ文庫

MSG-010

死神伯爵と不機嫌な花嫁

2014年12月15日　第1刷発行

著　者　白石まと
装　画　shri

発行人　日向 晶

発　行　株式会社メディアソフト
〒110-0016　東京都台東区台東4-27-5
tel.03-5688-7559 fax.03-5688-3512
http://www.media-soft.biz/

発　売　株式会社三交社
〒101-0051　東京都千代田区神田神保町2-20
tel.03-3262-5757／050-3541-1695　fax.03-3237-1898
http://www.sanko-sha.com/

印刷所　中央精版印刷株式会社

白石まと先生・shri先生へのファンレターはこちらへ
〒110-0016　東京都台東区台東4-27-5
(株)メディアソフト ガブリエラ文庫編集部気付 白石まと先生・shri先生宛

ISBN 978-4-87919-311-7　Printed in JAPAN

ガブリエラ文庫WEBサイト　http://gabriella.media-soft.jp/